全国技工院校公共课教材

中国古代诗歌
诵读与欣赏

（第二版）

主　编：邓建君

副主编：王宇琳

参　编：周　舒　刘　艳　高桂桂　周欣辰

中国劳动社会保障出版社

图书在版编目(CIP)数据

中国古代诗歌诵读与欣赏/邓建君主编. -- 2 版. -- 北京：中国劳动社会保障出版社，2021

全国技工院校公共课教材

ISBN 978-7-5167-5102-2

Ⅰ. ①中… Ⅱ. ①邓… Ⅲ. ①古典诗歌-诗集-中国-技工学校-教材 Ⅳ. ①I222

中国版本图书馆 CIP 数据核字(2021)第 174834 号

中国劳动社会保障出版社出版发行

（北京市惠新东街 1 号 邮政编码：100029）

*

三河市华骏印务包装有限公司印刷装订 新华书店经销

787 毫米×1092 毫米 16 开本 10.25 印张 181 千字

2021 年 12 月第 2 版 2023 年 1 月第 4 次印刷

定价：22.00 元

营销中心电话：400-606-6496

出版社网址：http://www.class.com.cn

http://jg.class.com.cn

前言

根据广大技工院校的教学需求，我们组织编写了《普通话训练指导》《口语交际》《应用文写作》《中国古代诗歌诵读与欣赏》四种选修课教材。《普通话训练指导》以国家语委普通话培训测试中心编制的《普通话水平测试实施纲要》为依据，以普通话语音训练和日常应用为重点，旨在提高学生的普通话水平。《口语交际》针对日常交际需求，介绍口语交流的基本策略、主要注意事项和练习方法，旨在提高学生的听说能力。《应用文写作》与中级班语文必修课有关应用文的内容相衔接，介绍常用应用文的写作格式和要求，旨在提高学生的应用写作能力。《中国古代诗歌诵读与欣赏》从继承和弘扬中华优秀传统文化出发，以诗歌为载体，旨在增进学生对我国语言文字独特魅力的感悟，以及对古典文学精华的理解。

《中国古代诗歌诵读与欣赏》（第二版）按所收录诗歌的主题分为五个单元，单元内各篇按创作年代顺序编排。教材编写力求做到以下三点：一、利于诵读。全书分为“诵读文本”和“欣赏与诵读指导”两部分。前者仅含诗歌原文，采用大字宽距排版，从内容和版式两方面为经常、连续诵读提供方便；后者则通过对生僻字和部分多音字注音，介绍诗歌节拍韵律、语速语气，帮助学生清除诵读障碍并点拨诵读技巧。二、利于理解。教材的“欣赏与诵读指导”部分，每篇诗歌均有针对重难点词语、语句的详细注释，还设有“作者与创作背景”“参考译文”“赏析”等栏目，帮助学生完整理解作品的含义、表达的情感和使用的艺术手法。三、利于教学。“诵读文本”和“欣赏与诵读指导”两部分在注音方面相互联系，后者所含的注释，为完成前者的注音要求提供便利条件，从而帮助学生发挥学习主动性。“欣赏与诵读指导”部分的注释、译文和赏析在参考多种权威资料、力求恰当精准的基础上，相互关联、相互印证，为课堂讲解和课外自学铺平道路。

《中国古代诗歌诵读与欣赏》（第二版）由邓建君主编，王宇琳担任副主编，周舒、刘艳、高桂桂、周欣辰参与编写。

人力资源社会保障部教材办公室

目　　录

诵读文本

欣赏与诵读指导

诵读文本

请为以下各单元诵读文本中的加点字注音。

第一单元　爱国忧民

1. 无　衣

《诗经》

岂曰无衣？与子同袍。王于兴师，修我戈矛。与子同仇！

岂曰无衣？与子同泽。王于兴师，修我矛戟。与子偕作！

岂曰无衣？与子同裳。王于兴师，修我甲兵。与子偕行！

2. 白　马　篇

曹　植

白马饰金羁，连翩西北驰。借问谁家子，幽并游侠儿。

少小去乡邑，扬声沙漠垂。宿昔秉良弓，楛矢何参差。

控弦破左的，右发摧月支。仰手接飞猱，俯身散马蹄。

狡捷过猴猿，勇剽若豹螭。边城多警急，虏骑数迁移。

羽檄从北来，厉马登高堤。长驱蹈匈奴，左顾凌鲜卑。

弃身锋刃端，性命安可怀？父母且不顾，何言子与妻！

名编壮士籍，不得中顾私。捐躯赴国难，视死忽如归！

3. 从军行

杨炯

烽火照西京，心中自不平。
牙璋辞凤阙，铁骑绕龙城。
雪暗凋旗画，风多杂鼓声。
宁为百夫长，胜作一书生。

4. 从军行七首（其四）

王昌龄

青海长云暗雪山，孤城遥望玉门关。
黄沙百战穿金甲，不破楼兰终不还。

5. 南园十三首（其五）

李贺

男儿何不带吴钩，收取关山五十州？
请君暂上凌烟阁，若个书生万户侯？

6. 病起书怀

陆游

病骨支离纱帽宽，孤臣万里客江干。
位卑未敢忘忧国，事定犹须待阖棺。
天地神灵扶庙社，京华父老望和銮。
出师一表通今古，夜半挑灯更细看。

7. 满 江 红

写 怀

岳 飞

怒发冲冠，凭栏处、潇潇雨歇。抬望眼，仰天长啸，壮怀激烈。三十功名尘与土，八千里路云和月。莫等闲、白了少年头，空悲切。　靖康耻，犹未雪。臣子恨，何时灭！驾长车，踏破贺兰山缺。壮志饥餐胡虏肉，笑谈渴饮匈奴血。待从头、收拾旧山河，朝天阙！

8. 水 龙 吟

登建康赏心亭

辛弃疾

楚天千里清秋，水随天去秋无际。遥岑远目，献愁供恨，玉簪螺髻。落日楼头，断鸿声里，江南游子。把吴钩看了，栏杆拍遍，无人会，登临意。

休说鲈鱼堪脍，尽西风，季鹰归未？求田问舍，怕应羞见，刘郎才气。可惜流年，忧愁风雨，树犹如此！倩何人唤取，红巾翠袖，揾英雄泪！

9. 扬 子 江

文天祥

几日随风北海游，回从扬子大江头。

臣心一片磁针石，不指南方不肯休。

10. 望阙台

戚继光

十载驱驰海色寒，孤臣于此望宸銮。
繁霜尽是心头血，洒向千峰秋叶丹。

11. 别云间

夏完淳

三年羁旅客，今日又南冠。
无限河山泪，谁言天地宽？
已知泉路近，欲别故乡难。
毅魄归来日，灵旗空际看。

第二单元　励志自勉

12. 离骚（节选）

屈　原

长太息以掩涕兮，哀民生之多艰。余虽好修姱以鞿羁兮，謇朝谇而夕替。既替余以蕙纕兮，又申之以揽茝。亦余心之所善兮，虽九死其犹未悔。怨灵修之浩荡兮，终不察夫民心。众女嫉余之蛾眉兮，谣诼谓余以善淫。固时俗之工巧兮，偭规矩而改错。背绳墨以追曲兮，竞周容以为度。忳郁邑余侘傺兮，吾独穷困乎此时也！宁溘死以流亡兮，余不忍为此态也！鸷鸟之不群兮，自前世而固然。何方圆之能周兮，夫孰异道而相安！屈心而抑志兮，忍尤而攘诟。伏清白以死直兮，固前圣之所厚。

13. 饮酒（其五）

陶渊明

结庐在人境，而无车马喧。
问君何能尔，心远地自偏。
采菊东篱下，悠然见南山。
山气日夕佳，飞鸟相与还。
此中有真意，欲辨已忘言。

14. 南陵别儿童入京

李　白

白酒新熟山中归，黄鸡啄黍秋正肥。
呼童烹鸡酌白酒，儿女嬉笑牵人衣。
高歌取醉欲自慰，起舞落日争光辉。
游说万乘苦不早，著鞭跨马涉远道。
会稽愚妇轻买臣，余亦辞家西入秦。
仰天大笑出门去，我辈岂是蓬蒿人！

15. 望　　岳

杜　甫

岱宗夫如何？齐鲁青未了。
造化钟神秀，阴阳割昏晓。
荡胸生层云，决眦入归鸟。
会当凌绝顶，一览众山小。

16. 剑　　客

贾　岛

十年磨一剑，霜刃未曾试。
今日把示君，谁有不平事？

17. 孤　桐

王安石

天质自森森，孤高几百寻。
凌霄不屈己，得地本虚心。
岁老根弥壮，阳骄叶更阴。
明时思解愠，愿斫五弦琴。

18. 定　风　波

苏　轼

三月七日，沙湖道中遇雨，雨具先去，同行皆狼狈，余独不觉。已而遂晴，故作此词。

莫听穿林打叶声，何妨吟啸且徐行。竹杖芒鞋轻胜马，谁怕？一蓑烟雨任平生。　料峭春风吹酒醒，微冷，山头斜照却相迎。回首向来萧瑟处，归去，也无风雨也无晴。

19. 渔　家　傲

李清照

天接云涛连晓雾，星河欲转千帆舞。仿佛梦魂归帝所，闻天语，殷勤问我归何处。　我报路长嗟日暮，学诗谩有惊人句。九万里风鹏正举，风休住，蓬舟吹取三山去。

20. 苔二首

袁枚

其一

白日不到处，青春恰自来。
苔花如米小，亦学牡丹开。

其二

各有心情在，随渠爱暖凉。
青苔问红叶，何物是斜阳。

21. 狱中题壁

谭嗣同

望门投止思张俭，忍死须臾待杜根。
我自横刀向天笑，去留肝胆两昆仑。

第三单元　流连风物

22. 春江花月夜

张若虚

春江潮水连海平，海上明月共潮生。
滟滟随波千万里，何处春江无月明！
江流宛转绕芳甸，月照花林皆似霰。
空里流霜不觉飞，汀上白沙看不见。
江天一色无纤尘，皎皎空中孤月轮。
江畔何人初见月，江月何年初照人？
人生代代无穷已，江月年年只相似。
不知江月待何人，但见长江送流水。
白云一片去悠悠，青枫浦上不胜愁。
谁家今夜扁舟子？何处相思明月楼？
可怜楼上月徘徊，应照离人妆镜台。
玉户帘中卷不去，捣衣砧上拂还来。
此时相望不相闻，愿逐月华流照君。
鸿雁长飞光不度，鱼龙潜跃水成文。
昨夜闲潭梦落花，可怜春半不还家。
江水流春去欲尽，江潭落月复西斜。
斜月沉沉藏海雾，碣石潇湘无限路。
不知乘月几人归，落月摇情满江树。

23. 戏题盘石

王　维

可怜盘石临泉水，复有垂杨拂酒杯。
若道春风不解意，何因吹送落花来？

24. 早春呈水部张十八员外二首（其一）

韩　愈

天街小雨润如酥，草色遥看近却无。
最是一年春好处，绝胜烟柳满皇都。

25. 问刘十九

白居易

绿蚁新醅酒，红泥小火炉。
晚来天欲雪，能饮一杯无？

26. 酬曹侍御过象县见寄

柳宗元

破额山前碧玉流，骚人遥驻木兰舟。
春风无限潇湘意，欲采苹花不自由。

27. 长安秋望

杜　牧

楼倚霜树外，镜天无一毫。
南山与秋色，气势两相高。

28. 村行

王禹偁

马穿山径菊初黄，信马悠悠野兴长。
万壑有声含晚籁，数峰无语立斜阳。
棠梨叶落胭脂色，荞麦花开白雪香。
何事吟余忽惆怅？村桥原树似吾乡。

29. 山园小梅

林逋

众芳摇落独暄妍，占尽风情向小园。
疏影横斜水清浅，暗香浮动月黄昏。
霜禽欲下先偷眼，粉蝶如知合断魂。
幸有微吟可相狎，不须檀板共金尊。

30. 玉楼春

宋祁

东城渐觉风光好，縠皱波纹迎客棹。绿杨烟外晓寒轻，红杏枝头春意闹。
浮生长恨欢娱少，肯爱千金轻一笑。为君持酒劝斜阳，且向花间留晚照。

31. 采桑子

欧阳修

群芳过后西湖好，狼籍残红，飞絮濛濛，垂柳阑干尽日风。　笙歌散尽游人去，始觉春空，垂下帘栊，双燕归来细雨中。

第四单元 恋乡思人

32. 《诗经》二首

子衿

青青子衿，悠悠我心。纵我不往，子宁不嗣音？
青青子佩，悠悠我思。纵我不往，子宁不来？
挑兮达兮，在城阙兮。一日不见，如三月兮。

击鼓

击鼓其镗，踊跃用兵。土国城漕，我独南行。
从孙子仲，平陈与宋。不我以归，忧心有忡。
爰居爰处？爰丧其马？于以求之？于林之下。
死生契阔，与子成说。执子之手，与子偕老。
于嗟阔兮，不我活兮。于嗟洵兮，不我信兮。

33. 上邪

乐府

上邪，我欲与君相知，长命无绝衰。山无陵，江水为竭，冬雷震震，夏雨雪，天地合，乃敢与君绝！

34. 望月怀远

张九龄

海上生明月，天涯共此时。
情人怨遥夜，竟夕起相思。
灭烛怜光满，披衣觉露滋。
不堪盈手赠，还寝梦佳期。

35. 送柴侍御

王昌龄

沅水通波接武冈，送君不觉有离伤。
青山一道同云雨，明月何曾是两乡？

36. 秋风引

刘禹锡

何处秋风至？萧萧送雁群。
朝来入庭树，孤客最先闻。

37. 蝶恋花

欧阳修

庭院深深深几许？杨柳堆烟，帘幕无重数。玉勒雕鞍游冶处，楼高不见章台路。
雨横风狂三月暮，门掩黄昏，无计留春住。泪眼问花花不语，乱红飞过秋千去。

38. 江城子

乙卯正月二十日夜记梦

苏轼

十年生死两茫茫，不思量，自难忘。千里孤坟，无处话凄凉。纵使相逢应不识，尘满面，鬓如霜。　　夜来幽梦忽还乡，小轩窗，正梳妆。相顾无言，惟有泪千行。料得年年肠断处，明月夜，短松冈。

39. 青玉案

贺铸

凌波不过横塘路，但目送、芳尘去。锦瑟年华谁与度？月楼花院，琐窗朱户，惟有春知处。　　碧云冉冉蘅皋暮，彩笔空题断肠句。试问闲愁知几许？一川烟草，满城风絮，梅子黄时雨。

40. 摸鱼儿

元好问

问世间、情是何物，直教生死相许？天南地北双飞客，老翅几回寒暑。欢乐趣，离别苦，就中更有痴儿女。君应有语，渺万里层云，千山暮雪，只影向谁去？　　横汾路，寂寞当年箫鼓，荒烟依旧平楚。招魂楚些何嗟及，山鬼暗啼风雨。天也妒，未信与，莺儿燕子俱黄土。千秋万古，为留待骚人，狂歌痛饮，来访雁丘处。

41. 纳兰性德词二首

木兰词　拟古决绝词柬友

人生若只如初见，何事秋风悲画扇。等闲变却故人心，却道故人心易变。　　骊山语罢清宵半，泪雨霖铃终不怨。何如薄幸锦衣郎，比翼连枝当日愿。

画　堂　春

一生一代一双人，争教两处销魂。相思相望不相亲，天为谁春！　　浆向蓝桥易乞，药成碧海难奔。若容相访饮牛津，相对忘贫。

第五单元　感悟人生

42．杂诗十二首（其一）

陶渊明

人生无根蒂，飘如陌上尘。
分散逐风转，此已非常身。
落地为兄弟，何必骨肉亲！
得欢当作乐，斗酒聚比邻。
盛年不重来，一日难再晨。
及时当勉励，岁月不待人。

43．金缕衣

无名氏

劝君莫惜金缕衣，劝君惜取少年时。
花开堪折直须折，莫待无花空折枝。

44．终南别业

王维

中岁颇好道，晚家南山陲。
兴来每独往，胜事空自知。
行到水穷处，坐看云起时。
偶然值林叟，谈笑无还期。

45. 咏　史

李商隐

历览前贤国与家，成由勤俭破由奢。
何须琥珀方为枕，岂得真珠始是车。
运去不逢青海马，力穷难拔蜀山蛇。
几人曾预南薰曲，终古苍梧哭翠华。

46. 泾　溪

杜荀鹤

泾溪石险人兢慎，终岁不闻倾覆人。
却是平流无石处，时时闻说有沉沦。

47. 商　鞅

王安石

自古驱民在信诚，一言为重百金轻。
今人未可非商鞅，商鞅能令政必行。

48. 临江仙

送钱穆父

苏　轼

一别都门三改火，天涯踏尽红尘。依然一笑作春温。无波真古井，有节是秋筠。
惆怅孤帆连夜发，送行淡月微云。尊前不用翠眉颦。人生如逆旅，我亦是行人。

49. 冬夜读书示子聿

陆　游

古人学问无遗力，少壮工夫老始成。
纸上得来终觉浅，绝知此事要躬行。

50. 丑　奴　儿

书博山道中壁

辛弃疾

少年不识愁滋味，爱上层楼。爱上层楼，为赋新词强说愁。　而今识尽愁滋味，欲说还休。欲说还休，却道天凉好个秋。

51. 观书有感二首

朱　熹

其一

半亩方塘一鉴开，天光云影共徘徊。
问渠那得清如许，为有源头活水来。

其二

昨夜江边春水生，蒙冲巨舰一毛轻。
向来枉费推移力，此日中流自在行。

52. 雪梅（其一）

卢梅坡

梅雪争春未肯降，骚人阁笔费评章。
梅须逊雪三分白，雪却输梅一段香。

欣赏与诵读指导

第一单元

爱国忧民

- 无衣
- 白马篇
- 从军行
- 从军行七首（其四）
- 南园十三首（其五）
- 病起书怀
- 满江红　写怀
- 水龙吟　登建康赏心亭
- 扬子江
- 望阙台
- 别云间

1. 无　　衣[①]

《诗经》

岂曰无衣？与子同袍[②]。王于兴师[③]，修我戈矛。与子同仇！

岂曰无衣？与子同泽。王于兴师，修我矛戟[④]。与子偕作！

岂曰无衣？与子同裳。王于兴师，修我甲兵。与子偕行！

【作者与创作背景】

这首诗选自《诗经》中的《国风·秦风》，是《诗经》中著名的爱国主义诗篇。《诗经》中“风”（即“国风”）共160篇，多是各个诸侯国的民间诗歌。据考证，秦襄公七年（前771），周王室内讧，导致戎族入侵，攻进镐京，领土大部分沦陷。秦国靠近王畿，与周王室休戚相关，于是奋起反抗。此诗似在这一背景下产生。

【参考译文】

怎能说没有衣服穿呢？我愿和你共用战袍。国家调兵打仗，修好我们的戈和矛，我和你同仇敌忾！

怎能说没有衣服穿呢？我愿和你共用汗衫。国家调兵打仗，修好我们的矛和戟，我和你一同战斗！

怎能说没有衣服穿呢？我愿和你共用战裙。国家调兵打仗，修好我们的铠甲与兵器，我和你一同前进！

---

① 选自《诗经·秦风》。《诗经》是我国第一部诗歌总集，收集从西周初年到春秋中叶约500年间的诗歌305篇，按音乐不同分为“风”“雅”“颂”三部分，先秦时统称为“诗”或“诗三百”，到汉代被儒家尊为经典，才称为《诗经》。《诗经》对后代诗歌发展有深远的影响，为中国古典文学现实主义传统的源头。

② 〔与子同袍〕我愿和你共用战袍。子，你，用于尊称对方（通常为男性）。袍，长衣服的统称。

③ 〔王于兴师〕国家调兵打仗。王，指周王，秦国出兵以周天子之命为号召，一说指秦君。于，语气助词。兴师，起兵。

④ 〔戟（jǐ）〕古代兵器，在长柄的一端装有青铜或铁制的枪尖，旁边有月牙形锋刀。

【赏析】

作为秦地人民抗击西戎入侵者的军中战歌，这首诗表现了秦国军民团结互助、共御外侮的高昂士气和乐观精神，其风格矫健而爽朗。

全诗共三章，每章开头都是自问自答。一句“岂曰无衣”，既是反问，又似责备，洋溢着不可遏止的愤怒，仿佛在人们心里点上一把火。于是，无数战士同声响应：“与子同袍”“与子同泽”“与子同裳”。同时，全诗的语言富有强烈的动作性：“修我戈矛”“修我矛戟”“修我甲兵”，使人想到战士们在磨刀擦枪、舞戈挥戟的热烈场面。

这是一首赋体诗，全诗运用“赋”的表现手法，采用回环复沓的形式，每一章句数、字数相等，内容逐章递进，思想感情在反复咏唱中不断升华。第一章结句“与子同仇”，是情绪方面的，表明他们思想统一，有共同的敌人；第二章结句“与子偕作”，“作”是“起”的意思，表明他们行动一致，齐心备战；第三章结句“与子偕行”，表明战士们将奔赴前线共同杀敌。全诗在铺陈复唱中直接表现出战士们共同对敌、奔赴战场的高昂情绪，一层更进一层地揭示战士们崇高的内心世界，表现了秦军战士出征前激昂慷慨、同仇敌忾的爱国情怀和大无畏精神。

【诵读指导】

《诗经》所录诗歌大多是四言体。四言诗每句节拍均为“××/××”，节奏整齐。这首诗回环复沓的结构也突出了韵律美。诵读时，还要把握全诗慷慨激昂的基调。

岂曰无衣？与子同袍	“岂曰无衣”表现反问语气
王于兴师，修我戈矛	说明军情紧急，稍快
与子同仇	重读，表现出同仇敌忾、勇敢无畏的气概
岂曰无衣？与子同泽	“岂曰无衣”表现反问语气
王于兴师，修我矛戟	说明军情紧急，稍快
与子偕作	重读，表现出同仇敌忾、勇敢无畏的气概
岂曰无衣？与子同裳	“岂曰无衣”表现反问语气
王于兴师，修我甲兵	说明军情紧急，稍快
与子偕行	重读，表现出同仇敌忾、勇敢无畏的气概

2. 白 马 篇①

曹 植

白马饰金羁②，连翩③西北驰。借问谁家子，幽并④游侠儿。

少小去乡邑，扬声⑤沙漠垂⑥。宿昔⑦秉良弓，楛矢⑧何参差。

控弦⑨破左的⑩，右发摧月支⑪。仰手接飞猱⑫，俯身散马蹄⑬。

狡捷过猴猿，勇剽若豹螭⑭。边城多警急，虏骑数迁移。

羽檄⑮从北来，厉马登高堤。长驱蹈匈奴，左顾凌⑯鲜卑。

弃身锋刃端，性命安可怀⑰？父母且不顾，何言子与妻！

名编⑱壮士籍，不得中⑲顾私。捐躯赴国难，视死忽如归！

---

① 〔白马篇〕又作《游侠篇》，属乐府《杂曲歌辞·齐瑟行》。
② 〔金羁（jī）〕金饰的马笼头。
③ 〔连翩〕连续不断，此处形容白马飞驰不停的样子。
④ 〔幽并〕幽州和并州，主要包括今河北、山西和陕西的一部分。
⑤ 〔扬声〕扬名。
⑥ 〔垂〕同“陲”，边境。
⑦ 〔宿昔〕昔日，往时。宿，平素。昔，以前。
⑧ 〔楛（hù）矢〕用楛木做成的箭。
⑨ 〔控弦〕开弓。
⑩ 〔的〕箭靶。
⑪ 〔月支〕箭靶的名称。
⑫ 〔飞猱（náo）〕树上腾跃飞奔的猿猴。
⑬ 〔马蹄〕箭靶的名称。
⑭ 〔螭（chī）〕传说中形似龙的黄色猛兽。
⑮ 〔羽檄（xí）〕檄，古代军事方面征召的文书，插上羽毛表示紧急，所以叫羽檄。
⑯ 〔凌〕压制。
⑰ 〔怀〕顾惜。
⑱ 〔编〕一作“在”。
⑲ 〔中〕内心。

【作者与创作背景】

曹植（192—232），字子建，曹操第三子，受封陈王，谥号“思”，故又称陈思王。曹植自幼好学，才华横溢，颇受父亲曹操喜爱，后因其恃才傲物的个性而逐渐远离权力的中心。兄长曹丕称帝后，对他多加排挤。政治上不得志并没有妨碍他成为魏晋时期的著名文学家。以文学成就而言，他与曹操、曹丕并称“三曹”。代表作有《洛神赋》《白马篇》《七哀诗》等。

【参考译文】

骑着饰金马具的白马，奔驰在西北疆土。问是谁家的子弟，幽并两州的游侠好男儿。
少年时便离别了家乡，名扬于沙漠边陲。往日常手持良弓，楛木箭多么地参差不齐。
拉弓如满月左右射击，箭中靶心无偏离。仰头射中飞跃猿，转而俯身又射碎了箭靶。
身姿矫健灵活赛猿猴，勇猛彪悍如豹螭。边境军情常紧急，侵略者一次次进犯内地。
紧急战报从北边传来，扬鞭策马登高堤。长驱直入蹈匈奴，再回师横扫鲜卑的敌骑。
舍身面对着刀锋剑刃，又哪顾得上生死？父母尚不能孝顺，更无法顾念儿女和妻子！
姓名列上了战士名册，早忘了个人私利。为国难英勇献身，看待死亡如同回归故里！

【赏析】

这是一首赞美少年英雄的诗歌，诗人借少年英雄的形象表达了自己对建功立业的渴望和憧憬。全篇可分为四部分。

前六句为第一部分，整体勾勒出一个年少成名的有为青年形象。开篇两句中，“白马”“金羁”写出了色彩的鲜明，“连翩”“驰”写出了英雄骑术的娴熟，这两句虽没有直接写人，却烘托出英雄卓尔不群的风采。同时自然引出第三句对其身世的疑问，第四句交代了其身份——游侠。紧接着，第五句、第六句对其成长历程和名声业绩作了概括。

第七句至十四句为第二部分，详细介绍了英雄高强的武艺。这八句多用对偶、比喻、夸张的手法，加上一系列贴切的动词——秉、控、破、发、摧、仰、接、俯、散，表现了英雄高超的射技和身手，画面的动感极强。

第十五句至二十句为第三部分，简洁介绍英雄上战场的缘由和在战场上的表现。短短六句，交代了从收到战报到取胜的整个过程，突出了英雄的所向披靡，也反映其卓越不凡的战绩，与第二部分相呼应。

最后八句为第四部分，从描写游侠的外在武艺上升到内在思想。他在“国”与

“家”、“生”与“死”之间进行了抉择，毅然将国家放在第一位。“捐躯赴国难，视死忽如归”，凝聚着浓厚的爱国情怀和雄心壮志，是后世传诵的佳句，激励着国人要以天下为怀。

【诵读指导】

这是一首五言诗歌，每句均按“××/×××”的节奏诵读。全诗四部分表达的情绪有所不同，诵读时应加注意。

诗句	情绪
白马饰金羁，连翩西北驰	骄傲，自信
借问谁家子，幽并游侠儿	
少小去乡邑，扬声沙漠垂	
宿昔秉良弓，楛矢何参差	洒脱，奔放；含赞美之情
控弦破左的，右发摧月支	
仰手接飞猱，俯身散马蹄	
狡捷过猴猿，勇剽若豹螭	
边城多警急，虏骑数迁移	渐快，表达出事态紧急
羽檄从北来，厉马登高堤	慷慨激昂
长驱蹈匈奴，左顾凌鲜卑	
弃身锋刃端，性命安可怀	直抒胸臆，悲壮慷慨
父母且不顾，何言子与妻	
名编壮士籍，不得中顾私	
捐躯赴国难，视死忽如归	

3. 从 军 行[①]

杨 炯

烽火照西京[②]，心中自不平。

牙璋[③]辞凤阙[④]，铁骑绕龙城[⑤]。

雪暗凋[⑥]旗画，风多杂鼓声。

宁为百夫长[⑦]，胜作一书生。

【作者与创作背景】

杨炯（约650—约692），华州华阴（今陕西华阴）人，唐代诗人，与王勃、卢照邻、骆宾王齐名，并称为“初唐四杰”。

唐高宗调露、永隆年间，吐蕃、突厥曾多次侵扰甘肃一带，礼部尚书裴行俭奉命出师征讨。本诗当作于此时。

【参考译文】

烽火照耀着京都长安城，心中的激愤不平油然而生。
将军手执兵符辞别皇宫，精锐的骑兵围攻敌军城池。
大雪使得军旗黯然失色，狂风中夹杂着咚咚战鼓声。
宁愿做战场上的小军官，也胜过只当一介柔弱书生。

---

① 〔从军行〕乐府《相和歌·平调曲》旧题，多写军旅生活。
② 〔西京〕长安。
③ 〔牙璋〕用来调兵的兵符，分为两块，合起来呈牙形，朝廷和主帅各执一半。此处代指出征的将帅。
④ 〔凤阙〕阙名。汉建章宫的圆阙上有金凤，故以凤阙指皇宫。
⑤ 〔铁骑绕龙城〕铁骑，指精锐骑兵。龙城，匈奴要地，在今蒙古国鄂尔浑河的东岸。
⑥ 〔凋〕原指草木凋零，此处指失去了鲜艳的色彩。
⑦ 〔百夫长〕古代军职，统领一百人左右的队伍。这里泛指低级军官。

【赏析】

这首诗借用乐府旧题“从军行”，描写一个书生从军边塞、参加战斗的全过程。全诗仅四十个字，既揭示出人物的心理活动，又渲染了环境气氛，笔力极其雄劲。

前两句写敌军来犯，交代了事件的背景。开篇并未直接说明军情紧急，却借“烽火”这一形象化的景物表现出军情的紧急。“照”字运用了夸张的手法，写出了火势之猛、战势之急。“自”表现了书生发自内心的爱国激情。

第三句、第四句承接上句，写将士出征。这两句都运用了借代的修辞手法：“牙璋”“凤阙”分别指代出兵的将帅、京城长安，这两个词庄重典雅，显示了出师场面的隆重、将士使命的重大。“龙城”指代敌人的所在地。另外，“辞”字写出了军队出兵速度之快，“绕”字形象地写出了整个战争的态势、唐军的英勇无畏。

第五句、第六句通过写景间接交代了战斗的状况。第五句写眼见之“雪”“旗”，第六句写耳闻之“风”“鼓”，从不同角度写出了与敌军殊死搏斗的壮烈场面，各臻其妙，有声有色。

最后两句直抒胸臆，与开头两句遥相呼应。“百夫长”“一书生”形成鲜明的对比，抒发了他不愿意将大好年华花费在读书写字上，而更渴望上前线，为国家洒热血，直接抒发了从戎书生保边卫国的壮志豪情。

这首短诗将丰富的内容浓缩在有限的篇幅里。首先，诗人抓住整个过程中最有代表性的片段，作了形象概括的描写，至于书生如何投笔从戎，如何告别父老妻室，又如何一路行军等情况，一概略去未写。其次，全诗从一个典型场景跳到另一个典型场景，跳跃式地发展前进，如第三句刚写辞京，第四句就已经包围了敌人，接着又展示了激烈战斗的场面。这种跳跃却很自然，每一个跨度之间给人留下丰富的想象余地。同时，全诗节奏明快，如山上飞流一泻而下，一往无前，气势磅礴，凸显了书生强烈的爱国激情和唐军将士英勇无畏的精神面貌。

【诵读指导】

诵读这首诗，要按“××/×××”的节拍读出其鲜明的节奏感。全诗感情激荡，气势非凡。诵读时要体现豪迈之气。

烽火照西京，心中自不平	激越，“自不平”重读
牙璋辞凤阙，铁骑绕龙城	稍快，表现战事的紧张激烈
雪暗凋旗画，风多杂鼓声	
宁为百夫长，胜作一书生	全句稍重，表达志向

4. 从军行七首（其四）

王昌龄

青海①长云暗雪山②，孤城遥望玉门关③。

黄沙百战穿④金甲，不破楼兰⑤终不还。

【作者与创作背景】

王昌龄（698—756），字少伯，河东晋阳（今山西太原）人，盛唐诗人，被后人誉为“七绝圣手”。他以边塞诗见长，独创一种激扬与悲怆相间的风格，格调高昂，气势不凡。

唐代西、北方向分别有吐蕃和突厥两个强敌。河西走廊一带、青海地区是吐蕃与唐军屡次交战之地，而玉门关外则是突厥势力。王昌龄的《从军行》组诗正是以这里的边塞风光和戍边将士为表现对象创作的，共七首。

【参考译文】

青海湖上密布的乌云使得雪山一片黯淡，荒漠中一座孤城和玉门关遥遥相对。

经历沙场百战后，战士的铠甲被磨穿，不打败来犯之敌誓死不返回家乡。

【赏析】

这首诗气势雄阔，是边塞诗中的佳作。

第一句、第二句用鸟瞰的手法，通过“青海”“长云”“雪山”“孤城”“玉门关”等词语勾勒出一幅横亘数千里而沉郁、肃杀的边塞图景。同时，提出“青海”和“玉门关”两地，点明这个地区既防吐蕃又拒突厥的重要性。

---

① ［青海］指青海省的青海湖。

② ［雪山］指甘肃的祁连山，山巅常年积雪。

③ ［玉门关］汉置边关名，在今甘肃敦煌西北。

④ ［穿］磨破。

⑤ ［楼兰］汉时西域国名，即鄯善国，在今新疆罗布泊附近。西汉时楼兰国王与匈奴勾通，屡次杀害汉朝通往西域的使臣。此处借“楼兰”泛指唐代西北地区常常侵扰边境的少数民族政权。

第三句、第四句直抒胸臆。第三句十分精练，“黄沙”“百战”“穿”分别凸显了作战环境的恶劣、战事的频繁及战争的激烈。第四句直言以身报国的决心，这是铁骨铮铮的男儿对自己的要求和对祖国的誓言。第三句和第四句形成鲜明的对照，相互衬托之下，显得战争更加艰苦，报国之心更加强烈，读来动人心魄。

【诵读指导】

诵读这首诗，每句要按“××××/×××”的节拍读出其鲜明的节奏感。诵读时应体现出诗人笔下的悲凉、豪迈之气，要注意把握好重音。

青海长云暗雪山	感情悲壮、沉郁
孤城遥望玉门关	
黄沙百战穿金甲	语调渐起，“穿”重读
不破楼兰终不还	充满激情，铿锵有力；“终”重读

5. 南园[1]十三首（其五）

李 贺

男儿何不带吴钩[2]，收取关山五十州[3]？

请君暂上凌烟阁[4]，若个[5]书生万户侯？

【作者与创作背景】

李贺（约791—约817），字长吉，河南福昌（今河南洛阳）人，中唐诗人，与李白、李商隐合称为“唐代三李”。他的诗常涉及神仙鬼怪，因此后世常称其为“诗鬼”。

李贺所处的时代，唐朝政权已由盛转衰，内有宦官专权，外有藩镇割据，吐蕃等对唐王朝也虎视眈眈。他一生不得志，所写的诗大多是慨叹生不逢时和内心苦闷，抒发对理想、抱负的追求，对当时藩镇割据和人民所受的残酷剥削也有所反映。

【参考译文】

男子汉大丈夫为什么不带上宝刀，去收复藩镇割据的关山五十州呢？

请你登上凌烟阁看一看，哪个书生可以被封为食邑万户的列侯？

【赏析】

李贺的《南园》组诗共有十三首，大多借南园之景抒发自己的情感，但这首诗却是例外，仅由两个反问句组成。

第一个反问句颇有自嘲的意味。“何不”直贯下句，将第一句、第二句连成一个完整的句子，问自己也在问别人：为什么不亲赴战场、报效国家？表现了李贺渴望通过武力协助皇帝夺回逐渐分散的权力，以结束“安史之乱”后国家的颓势，恢复“开元盛世”

① 〔南园〕李贺在福昌昌谷的读书处。
② 〔吴钩〕古代吴地制造的一种形似剑而弯曲的兵器。后代指利剑。
③ 〔五十州〕指当时为藩镇所控制的黄河南北的国土。
④ 〔凌烟阁〕唐朝绘有功臣图像的高阁，以表彰功勋。
⑤ 〔若个〕哪个。

时期万国朝拜的局面。同时，也反映了诗人空有报国愿望而无处施展才华的苦闷。

后两句同样包含反问的语气，这比陈述句、设问句更能传情达意。这两句包含了两个层面的情感：第一层面，表达投笔从戎的必要性，体现了诗人的人生抱负；第二层面，抒发了一介书生怀才不遇的悲愤之情。尤其是最后一句中“书生”和“万户侯”形成强烈的对比，其间沉痛不言而喻。

【诵读指导】

这首诗字里行间既有保家卫国的豪情，又有无补于世的哀怨，诵读时注意把握。诗中每句的基本节拍为“××××/×××”。在此基础上，要根据表达情感的差异，控制声调的抑扬顿挫。

男儿何不带吴钩	昂扬，用升调；“何不”重读
收取关山五十州	“收取”重读
请君暂上凌烟阁	慷慨
若个书生万户侯	“万户侯”一字一顿，升调

6. 病起书怀

陆 游

病骨支离①纱帽宽②，孤臣③万里客江干④。

位卑⑤未敢忘忧国，事定犹须待阖棺⑥。

天地神灵扶庙社⑦，京华⑧父老望和銮⑨。

出师一表⑩通今古⑪，夜半挑灯⑫更细看。

【作者与创作背景】

陆游（1125—1210），字务观，号放翁，越州山阴（今浙江绍兴）人，南宋文学家、史学家、爱国诗人。陆游一生笔耕不辍，是现留诗作最多的诗人，其诗今存九千多首，内容极为丰富。他与王安石、苏轼、黄庭坚并称“宋代四大诗人”，又与杨万里、范成大、尤袤合称“南宋四大家”。

这首诗作于宋孝宗淳熙三年（1176）夏天。这年陆游52岁，因被人诬陷而罢官，寓居成都，一病近一个月，稍有起色，便借诗抒发蓄积于胸中的情思。

---

① ［支离］分散的样子。由于陆游作此诗时刚病愈，这里有憔悴、衰疲的意思。
② ［纱帽宽］病后人瘦了，所以感到纱帽宽松。
③ ［孤臣］孤立无助之臣，此处是作者自称。
④ ［江干］江岸，江边。江，指岷江支流濯锦江，在成都附近。
⑤ ［位卑］地位卑微。
⑥ ［事定犹须待阖（hé）棺］指人到死后其所做之事才有正确的结论，即“盖棺论定”之意。阖，盖上。
⑦ ［庙社］庙指宗庙，社指社稷。庙社在这里指国家。
⑧ ［京华］首都，此处指沦陷区的北宋首都汴京（今河南开封）。
⑨ ［和銮（luán）］古代车上的铃铛，挂在车前横木（轼）的称“和”，挂在车架（衡）上的称“銮”。一般用以指代皇帝的车驾。
⑩ ［出师一表］指诸葛亮出师前给后主刘禅写的奏表，即《出师表》。
⑪ ［通今古］此处指《出师表》不但蜀汉时用于伐魏，至今也可用于伐金。
⑫ ［挑灯］古人用油灯，灯暗时把灯芯挑动一下，使灯光更亮。

【参考译文】

我病后瘦骨嶙峋，带上纱帽也觉得宽松。我不远万里来到巴蜀，客居在江边。

我虽然地位卑下仍时刻不忘国家的忧患，人的功过是非只有在死后才能做出结论。

天地神灵护佑着我们的国家，中原父老盼望着君王的车驾返回京都。

诸葛亮的《出师表》从古至今闪耀着光辉，半夜我把油灯拨亮，细细品赏其中的深奥。

【赏析】

这是一首抒情言志之作。此诗虽为诗人大病初愈所作，却丝毫没有衰迟之态和沮丧的情绪，洋溢于字里行间的，全是爱国的热情和百折不回的战斗精神。

前两句切题下笔，作者叙写了病愈后的身体状况和所处环境，描画出自己形销骨立的形象，叙述自己处境之艰难，为下文做了铺垫。诗人在这孤寂悲凉之中并没有沮丧消沉，羸弱的病体中仍然涌动着报国热忱："位卑未敢忘忧国，事定犹须待阖棺。"第三句、第四句是全诗的中心，充分表现了陆游坚贞的爱国情操和崇高的精神境界。"位卑未敢忘忧国"更是千古传诵的名句，体现了古人忧国忧民的爱国情操。"事定犹须待阖棺"表明诗人对未来充满信心，尽管目前地位低下，年过半百，但未死之前仍有驱敌复国的希望。

第五句、第六句从自身遭遇谈到当前的国家形势，呼吁朝廷北伐、收复失地。这里诗人寄托了殷切的期望：但愿天地神灵扶持国家，使广大民众脱离战火，安乐昌盛。最后两句，诗人写夜半挑灯细细品赏诸葛亮的《出师表》。诸葛亮在率师北伐、光复汉室前写下了千古传诵的《出师表》，其"鞠躬尽瘁，死而后已"的精神激励着后来的爱国志士。诗人在这里表明要以诸葛亮为楷模，在有生之年为恢复故土、报效国家竭诚尽忠。

【诵读指导】

这首诗每句的基本节拍为"××××/×××"。在此基础上，诵读时要读准节拍，把握节奏，根据诗歌感情的变化调整语速和语气。

病骨支离纱帽宽，孤臣万里客江干	略慢，低沉
位卑未敢忘忧国，事定犹须待阖棺	坚定，铿锵有力，表现得慷慨遒劲
天地神灵扶庙社，京华父老望和銮	略快，表现急迫的心情
出师一表通今古，夜半挑灯更细看	略慢，"更细看"三字要缓慢

7. 满 江 红

写 怀

岳 飞

怒发冲冠，凭栏处、潇潇①雨歇。抬望眼②，仰天长啸③，壮怀激烈。三十功名尘与土④，八千里路云和月⑤。莫等闲⑥、白了少年头，空悲切。　靖康耻⑦，犹未雪。臣子恨，何时灭！驾长车，踏破贺兰山缺⑧。壮志饥餐胡虏⑨肉，笑谈渴饮匈奴血。待从头、收拾⑩旧山河，朝天阙⑪。

【作者与创作背景】

岳飞（1103—1142），字鹏举，相州汤阴（今河南汤阴）人，南宋军事家、抗金英雄。1140 年，完颜宗弼（兀术）进攻南宋，岳飞挥师北伐，取得重大胜利。但是，宋高宗和宰相秦桧却一意求和，逼迫岳飞退兵。在宋金议和过程中，岳飞遭受秦桧、张俊等人的诬陷，被捕入狱。1142 年，岳飞以“莫须有”的“谋反”罪名，与长子岳云和部将张宪一同被杀害。

这首词的具体创作时间虽尚无定论，金侵南宋的时代大背景却是一定的。作者奋发图强、雪耻若渴的爱国主义情感在这首词中集中迸发。

---

① ［潇潇］形容雨势急骤。
② ［抬望眼］抬头纵目远眺。
③ ［长啸］感情激动时撮口发出清而长的声音，是古人的一种抒情方式。
④ ［三十功名尘与土］三十多年来，建立了一些功勋，却微不足道。此句流露出对强敌尚存、大功未就的怅恨之情。
⑤ ［八千里路云和月］形容南征北战、路途遥远、披星戴月。
⑥ ［等闲］轻易、随便。
⑦ ［靖康耻］指宋钦宗靖康元年（1126 年）金兵攻陷汴京；次年，掳走徽、钦二帝。
⑧ ［贺兰山缺］贺兰山，在今宁夏西，当时为西夏统治区，此处借指敌境。缺，指险要的关口。
⑨ ［胡虏］对入侵之敌的蔑称，这里指金兵。下文“匈奴”亦同。
⑩ ［收拾］整顿。
⑪ ［朝天阙（què）］朝见皇帝。天阙，指皇帝生活的地方，借指皇帝。

【参考译文】

我愤怒得头发竖了起来，以至将帽子顶起。独自登高凭栏远眺，骤急的风雨刚刚停歇。抬头远望天空，禁不住仰天长啸，报国之情充满胸怀。三十多年来，所建勋业如同尘土微不足道，南北转战八千里，一路不分阴晴，只为收复国土。不要虚度年华，空耗青春，等到年老时白白悲伤痛苦。

靖康之变的耻辱，至今仍然没有被雪洗。作为国家臣子的愤恨，何时才能泯灭！我要驾着战车向贺兰山进攻，将它踏为平地。我满怀壮志，打仗饿了就吃敌人的肉，谈笑渴了就喝敌人的鲜血。待我重新收复旧日山河，再带着捷报向君王报告胜利的消息！

【赏析】

这首词是千古传诵的爱国名篇，具有深远的社会影响。从艺术上看，全词感情激荡，气势磅礴，风格豪放，结构严谨，一气呵成，有着强烈的感染力。

上片写作者要为国家建立功业的急切心情。“怒发冲冠”是艺术夸张，是指面对投降派的不抵抗政策，异常愤怒，以至头发竖起，把帽子顶了起来。“三十功名尘与土”，表现作者渴望建功立业、努力抗战杀敌的思想。三十多岁正当壮年，实际上作者已经晋升高官，但他的目标——收复国土还远没有完成，所以作者认为没有什么成就。“莫等闲、白了少年头，空悲切”，这与“少壮不努力，老大徒伤悲”的意思相同，反映了作者积极进取的精神，与主张议和、偏安江南、苟延残喘的投降派形成了鲜明的对照。

下片写出了三层意思：对侵略者的深仇大恨、收复国土的殷切愿望、忠于国家的赤诚之心。“靖康”是宋钦宗赵桓的年号。“靖康耻”，指宋钦宗靖康元年、二年（1126—1127），北宋京城和中原地区沦陷，徽宗、钦宗两个皇帝被金人俘虏北去的奇耻大辱。作者感慨、愤恨靖康之耻尚未洗雪，这也是他要“驾长车，踏破贺兰山缺”的原因。“壮志”，指远大的志向。“胡虏”“匈奴”，都代指金侵略者。结尾“待从头、收拾旧山河，朝天阙”，充分表达出作者对收复国土的渴望、不屈不挠完成事业的意志与决心和对国家的无限忠诚，可谓一腔忠愤，碧血丹心。以此收束全篇，神气十足，在情感抒发方面未留遗憾。

【诵读指导】

诵读这首词，必须先体悟作者的一腔报国情怀、对侵略者的仇恨，以及对朝廷中投降派的愤怒。在此基础上，诵读时要注意把握节奏、重音和每一句的情感表达。

怒发冲冠，凭栏处、潇潇雨歇	愤怒，激情，缓慢
抬望眼，仰天长啸，壮怀激烈	愤怒，激情，缓慢 停顿：抬/望眼，仰天/长啸
三十功名尘与土，八千里路云和月	较快
莫等闲、白了少年头，空悲切	缓慢，语调渐高，语末稍停顿；“空悲切”缓慢，低沉
靖康耻，犹未雪。臣子恨，何时灭	愤怒，“靖康耻”缓慢，“犹”“何”重读
驾长车，踏破贺兰山缺	“踏破”重读
壮志饥餐胡虏肉，笑谈渴饮匈奴血	豪迈
待从头、收拾旧山河，朝天阙	激情，高亢，“待从头”缓慢；“朝天阙”缓慢，重读 停顿：收拾/旧/山河

8. 水 龙 吟

登建康①赏心亭

辛弃疾

楚天千里清秋，水随天去秋无际。遥岑②远目，献愁供恨，玉簪螺髻③。落日楼头，断鸿声里，江南游子。把吴钩看了，栏杆拍遍，无人会，登临意。　休说鲈鱼堪脍，尽西风，季鹰归未④？求田问舍，怕应羞见，刘郎才气⑤。可惜流年，忧愁风雨，树犹如此⑥！倩⑦何人唤取，红巾翠袖，揾⑧英雄泪！

【作者与创作背景】

辛弃疾（1140—1207），字幼安，号稼轩，历城（今山东济南）人。南宋词人，与苏轼合称“苏辛”，与李清照并称“济南二安”。一生以抗金报国为己任，然而抱负不能施展，满腔忠愤，无处发泄，寄之于词。其词作题材广阔，气势纵横，词风以豪放为主，却又不拘一格，沉郁、明快、激越、妩媚兼而有之，代表了南宋词的最高成就，对后世产生了深远的影响。作品集有《稼轩长短句》。

【参考译文】

南国天空辽阔而满是凄清秋意，江水伴随着天空流向远方，这秋色无边无际。放

---

① 〔建康〕南京。

② 〔岑（cén）〕小而高的山。

③ 〔玉簪（zān）螺髻（jì）〕形容远山秀美。玉簪，碧玉簪。螺髻，螺旋盘结的发髻。

④ 〔季鹰〕张翰，晋朝人，字季鹰。曾在洛阳为官，秋风渐起，他想起家乡美味的鲈鱼，便弃官回家。

⑤ 〔求田问舍，怕应羞见，刘郎才气〕求田问舍本意是到处购买田地、问询房价，比喻胸无大志。《三国志·魏书·陈登传》记载：许汜（sì）曾向刘备抱怨陈登看不起他，刘备批评许汜在国家危难之际只知置地买房。刘郎，刘备。才气，胸怀、气魄。

⑥ 〔树犹如此〕此处借西晋桓温典故抒发虚度时光的感慨。《世说新语·言语》记载：“桓公北征经金城，见昔日在琅琊时所种柳皆已十围，慨然曰：‘树犹如此，人何以堪！’攀枝执条，泫然流泪。”

⑦ 〔倩（qìng）〕请。

⑧ 〔揾（wèn）〕擦拭。

眼眺望远处秀丽的群山，有的像女子头上的玉簪，有的像盘结的发髻，都引起我对国土沦落的愁思和愤恨。我这个江南游子，站在夕阳斜照的亭楼之上，听着失群孤雁凄凉地啼叫，反复端详宝剑，把栏杆全部拍遍，也无人能领会我此刻登楼的愁绪。

不要说鲈鱼鲜美，西风吹尽之时，我也不会像张翰那样弃官回乡；更不会学许汜一心只想购田买屋，否则会羞于去见雄才伟略的刘备。可惜大好年华如水一样流逝，我只是徒然为风雨飘摇的国家忧心，借桓温的话说：以前栽种的树木都长得那么粗壮了！树已成材，人却消磨了漫长岁月，这样的现实怎能接受！请谁去唤来披红戴绿的女子，来为我擦干英雄之泪呢？

【赏析】

这是一篇登高抒怀之作。全词慷慨悲壮，沉雄豪迈，含蓄地表达出作者壮志难酬的悲愤抑郁之情，散发着浓郁的爱国热情，使人深受感染。

上片主要写登建康赏心亭所见的水天开阔的景色，并借景抒情。开头两句写辽远的楚天和无边的江水，意境开阔，也显示了江南秋季的特征：南方多雨多雾，只有秋季，方可极目远方。紧接着“遥岑远目”三句是写远山，“玉簪螺髻”是将形状各异的山峰比喻成美人的玉簪和发髻，新颖而形象。景色虽美，然而在诗人看来只会给他“献愁供恨”，这是移情于物的手法，由客观渐及主观。“落日楼头”三句，“落日”象征江河日下的国势，“断鸿”指失群的孤雁，落日斜晖和孤雁的哀鸣，衬托出了“游子”的孤独落寞。“把吴钩看了”四句直言手持兵器却不能杀敌报国而又无人理解的苦闷。

下片直接言志，可分为四个层次。“休说鲈鱼堪脍”三句是用张翰典故，“求田问舍”三句是用许汜典故，凸显了词人不会像他们一样只顾个人享乐，而是怀有收拾山河的志向。“可惜流年”三句用桓温典故，感慨时光飞逝，人生易老。到这里，词人的情感已经到达高潮，悲伤难以自已，于是，自然呼出末三句——“倩何人唤取，红巾翠袖，揾英雄泪！”与上片的“无人会，登临意”相对应。

【诵读指导】

诵读这首词，应该深刻体悟词人英雄无用武之地的悲愤、世上无知己的苦闷。在此基础之上，注意把握好节奏、重音、情感。

楚天千里清秋，水随天去秋无际	苍凉，缓慢 停顿：楚天/千里/清秋，水随天去/秋无际
遥岑远目，献愁供恨，玉簪螺髻	稍快，“献”“供”重读
落日楼头，断鸿声里，江南游子	悲凉；“落日”“断”稍重
把吴钩看了，栏杆拍遍	激动；“拍”重读
无人会，登临意	悲伤，略慢
休说鲈鱼堪脍，尽西风，季鹰归未？求田问舍，怕应羞见，刘郎才气	稍快，“休说”重读
可惜流年，忧愁风雨，树犹如此	略慢，“如此”重读 停顿：可惜/流年，忧愁/风雨
倩何人唤取，红巾翠袖，揾英雄泪	悲愤，“揾英雄泪”缓慢 停顿：倩/何人唤取；揾/英雄泪

9. 扬 子 江

文天祥

几日随风北海①游，回从②扬子大江头。

臣心一片磁针石③，不指南方④不肯休。

【作者与创作背景】

文天祥（1236—1283），字履善、宋瑞，号文山、浮休道人，吉州庐陵（今江西吉安）人，南宋政治家、文学家、抗元名臣。1256 年，状元及第。1275 年，元兵东下，文天祥在赣州组织义军，入卫临安（今浙江杭州）。1276 年，任右丞相，以使臣身份出使元营议和，不幸被扣留，后脱险流亡，坚持抗元。1278 年被俘，拒绝投降，最终慷慨就义。这首诗是文天祥被扣留又逃离后，奔赴福州途中所作。

【参考译文】

在北海随风漂泊了数日，如今回到了扬子江头。
我的心就像那指南针，不指着南方绝不肯罢休。

【赏析】

本诗开头两句简要交代北上和南下的经历。文天祥被元兵悍然羁押，此后他借机逃离虎口。整个逃脱的过程充满了艰难险阻，而诗人却全然不在意。在他笔下，这次的经历仿佛是沐浴着江风、扬帆远航的北海之游，回过头又经过扬子江口，仿佛任意徜徉于江河湖海之中。这两句诗显示了诗人处变不惊、临危不惧的大将风范，藐视艰辛、淡看个人生死的坦荡胸襟。

---

① ［北海］长江以北的海域。
② ［回从］回到。
③ ［磁针石］指南针。
④ ［南方］此处指诗人效忠的南宋。

后两句采用了比喻的修辞手法。他将誓死守护南宋王朝的“臣心”比作永远指向南方的“磁针石”，构思巧妙，形象生动。末句“不……不……”的双重否定句式具有强调的作用，体现了作者浓浓的爱国情怀。这两句是千古传诵的佳句，读后使人感受到一股轩昂的正气存在于苍茫的天地之间。

【诵读指导】

这首诗每句的基本节拍为“××××/×××”。全诗气贯长虹、感人至深，诵读时应保持慷慨激昂的情绪。

<table>
<tr><td>几日随风北海游</td><td rowspan="2">豪迈，表现对困难和挫折的藐视</td></tr>
<tr><td>回从扬子大江头</td></tr>
<tr><td>臣心一片磁针石</td><td>恳切，“一片”重读，“磁针石”略缓慢</td></tr>
<tr><td>不指南方不肯休</td><td>激动，两“不”重读，“不肯休”一字一顿</td></tr>
</table>

10. 望阙台[①]

戚继光

十载驱驰[②]海色寒[③]，孤臣[④]于此望宸銮[⑤]。

繁霜尽是心头血，洒向千峰秋叶丹[⑥]。

【作者与创作背景】

戚继光（1528—1588），字元敬，号南塘，晚号孟诸，明朝名将、军事家、民族英雄。率军于浙江、福建、广东沿海诸地抗击来犯倭寇，历时十余年，与俞大猷等将领一道扫平倭寇，保障了东南沿海人民的安全。后又在北方抗击蒙古族部内犯十余年，保卫了北部疆域的安全。世人称其带领的军队为戚家军。

戚继光在福建为官时，曾一起抗倭的好友汪道昆被弹劾罢官，他倍感悲愤却无能为力，于是挥笔写下这首《望阙台》，自述远离京师孤立无援，遥望皇帝居住的地方，希望能得到朝廷的充分支持。全诗表达了矢志报国的一腔赤诚，饱含着对朝廷的忠贞之心。

【参考译文】

在茫茫大海的寒波中，我同倭寇斗争已有十年之久；我站在这里遥望京城宫阙，孤立无援。我的心血如同千山万岭上的浓霜，洒向群峰，染红了山上的秋叶。

【赏析】

首联“十载驱驰海色寒，孤臣于此望宸銮”总括了作者在苍茫海域艰苦卓绝的抗倭

---

① ［望阙（què）台］在今福建省福清县，这是戚继光在守卫福建时自己命名的一座山峰，用来表明自己身在远方而不忘国家的重托。戚继光在《福建福清县海口城西瑞岩寺新洞记》中记道：“一山抱高处，可以望神京，名之曰望阙台。”阙，宫闱，指皇帝居处。

② ［十载驱驰］指与倭寇斗争十余年。

③ ［海色寒］指苍茫清寒的海色。

④ ［孤臣］远离京师，孤立无援的臣子，此处是作者自指。

⑤ ［宸（chén）銮］指皇帝的住处。

⑥ ［丹］红色。

生活。“寒”既指苍茫清寒的海色，也暗示战斗的艰难困苦，与“孤臣”有着呼应关系。“望宸銮”交代登临望阙台的动机。“孤臣”以“孤”字描绘出作者登阙台时复杂的心情；抗倭的好友汪道昆被弹劾罢官，让作者倍感悲愤和孤单；加之战斗如此艰难，将士们却得不到来自朝廷的足够支持，让作者心中充满苦涩。但是，作为忠臣，他满怀一腔报国热血，对朝廷、对皇帝仍寄予厚望。这就是他遥望京城宫阙的原因。

“繁霜尽是心头血，洒向千峰秋叶丹。”这一联是借景抒情，也是千古名句。作者登上望阙台，看见巍峨的群峰和满山的红叶。这一片如霞似火的生命之色，使作者激情满怀。作者借“繁霜”“秋叶”向皇帝表达自己忠贞不渝的报国之心，其保家卫国的一腔热血如同千山万岭上的浓霜，染红了群峰中的秋叶。这里，作者以繁霜比喻自己的热血，形象生动，极富感染力，充分表达了无论身处何种境况，都忠心耿耿、驰海御敌的崇高爱国情怀。

2018 年 5 月 28 日，习近平总书记在中国科学院第十九次院士大会、中国工程院第十四次院士大会上讲到我国科学家的爱国主义情怀时，引用戚继光的诗句“繁霜尽是心头血，洒向千峰秋叶丹”，赞美新中国的老一代科学家淡泊名利，以强烈的使命感和高度的责任感，几十年如一日地奋战在科研一线，为我国科技事业的发展呕心沥血，推动我国科学技术实现重大突破，培养了一大批年轻的科学家。

【诵读指导】

这首诗借景抒情，既有悲愤无奈的失落，又有保家卫国的忠贞。诵读时注意把握诗人情感。诗中每句的基本节拍为“××/××/×××”。在此基础上，要根据表达情况的差异，调整语速和语气。

十载/驱驰/海色寒	略慢，低沉，凄凉，“十载”重读
孤臣/于此/望宸銮	孤单失落，“孤臣”“望”重读
繁霜/尽是/心头血	忠贞，“尽”“心头血”重读
洒向/千峰/秋叶丹	高亢豪迈，铿锵有力，“秋叶丹”重读

11. 别云间①

夏完淳

三年羁旅客②，今日又南冠③。

无限河山泪，谁言天地宽？

已知泉路近④，欲别故乡难。

毅魄⑤归来日，灵旗⑥空际看。

【作者与创作背景】

夏完淳（1631—1647），字存古，号小隐，松江华亭（今上海市松江区）人，明代末年著名诗人、民族英雄。

夏完淳聪颖早慧，5 岁即知经史，7 岁能作诗文，被誉为少年奇才。其父夏允彝是江南名士，和夏完淳的老师、抗清将领陈子龙是志同道合的好朋友。夏允彝、陈子龙、夏完淳在文学史上被称为云间派诗人的杰出代表，他们的诗歌多抒发爱国抱负，慷慨悲壮。

夏完淳 14 岁跟随父亲和老师在松江起兵抗清，其父兵败被俘后投松江自杀殉国，夏完淳与陈子龙继续抗清。1647 年夏，夏完淳在家乡被俘，在被押赴南京临别家乡时写下了这首诗。他在南京被押期间，坚贞不屈，临刑毫无惧色，坚决不下跪，昂首挺立，英勇就义，年仅 17 岁。

---

① ［云间］古地名，现在上海松江，是夏完淳的家乡。这是诗人抗清兵败、于家乡云间被俘时，被清军押赴南京前所作的诗。别云间，即指永别自己的家乡——云间。

② ［羁（jī）旅客］客居于外的人，指诗人自己。羁，本意指马笼头，引申为束缚、拘束。

③ ［南冠］囚徒。南冠，原指楚国人的帽子，后为囚犯的代称。语出《左传·成公九年》：“晋侯观于军府，见钟仪，问之曰：‘南冠而絷（zhí，拴、捆）者谁也？’有司对曰：‘郑人所献楚囚也。’”后来人们用“南冠”一词来指代被俘。

④ ［泉路近］距离死期不远了。泉路，黄泉路，即死路。泉，黄泉，人死后被埋葬的地穴。

⑤ ［毅魄］坚毅的魂魄，出自战国时期爱国诗人屈原的《九歌·国殇》：“身既死兮神以灵，魂魄毅兮为鬼雄。”

⑥ ［灵旗］古代招引亡魂的旗子，也叫魂幡。

【参考译文】

三年来我为了抗击清兵辗转漂泊、寄居他乡，如今兵败被俘成为狱中的囚徒。我为山河破碎而泪流不止，谁说天地很宽广呢？我已经知道自己的生命即将到尽头了，想要与故乡永远地分别心里实在是难舍啊。等到我死后，当我坚毅的魂魄再次归来举兵抗清之日，我一定会在云端看到灵旗照样飘扬在家乡的上空。

【赏析】

这是一首慷慨悲壮而又豪情万丈的五言律诗，是诗人的绝命诗，抒发了诗人对故土沦丧、山河破碎的疾首痛心和对即将永别的故乡的深深眷恋，表达了夏完淳抗清失败的悲愤、壮志未酬的遗恨和以身殉国、至死不变的抗清决心与英雄气概，读来令人荡气回肠，感慨万千。

首联叙事，“三年羁旅客，今日又南冠”自叙抗清斗争经历，高度概括了自己14岁起跟随父亲与老师从军征战抗清的辗转飘零、艰苦卓绝长达三年之久，如今兵败被俘成了清军的阶下囚。平静的叙述中充溢着诗人激越翻滚的情感波澜，深含着诗人满腔的辛酸与无限的沉痛。

颔联直抒胸臆，风雨飘摇中江山支离破碎、国恨家仇未报的满腔悲愤之情喷薄而出。诗人一直期盼击败清兵，重整山河，但时运不济，命运多舛，大明江山满目疮痍，破败衰颓，诗人身陷囹圄，报国无望，面对这一切，他深感失望与哀痛，禁不住热泪长流，仰天长叹，发出质问：“谁言天地宽？”

颈联抒发诗人眷念故土、怀念亲人之深情。“已知泉路近”抒写出诗人深知自己时日不多、生命行将终的悲恸，“欲别故乡难”表达了诗人对故乡的一切难以割舍的深情，其中既有自己内心油然涌起的对独守空房的新婚妻子、挂念自己的慈母深深的愧疚和无限的依恋，还有父亲夏允彝与尊师陈子龙先后在起义兵败后自杀殉国的家仇。

尾联表明誓死重整山河、抗清复明的决心。诗人发誓：生前未能完成的报国之志，死后也要扛起大旗，精忠报国。全诗以掷地有声的铮铮誓言作结，鲜明地昭示出诗人坚贞不屈的战斗精神和舍身报国的赤子情怀，勉励后人前赴后继，读来令人热血沸腾、激情澎湃，对这位意志坚定、视死如归的少年英雄油然而生出深深的敬佩。

全诗语言平实质朴，充分表现了诗人炽热的爱国情怀、强烈的民族意识、不屈的战斗精神和英雄气概，饱含诗人对行将永别的故乡和亲人流露出的无限依恋与深切的感叹，抒发了诗人对亡国的悲愤及对壮志难酬的伤感、无奈。

【诵读指导】

这首诗曲调悲凉，感情跌宕豪壮，要根据表达的不同情感，调整语速和语气。

三年/羁/旅客，今日/又/南冠	平缓中饱含悲恸、辛酸
无限/河山/泪，谁言/天地/宽	“无限”拖长，“泪”重读；“谁言天地宽”用诘问语气，满怀悲愤痛苦，“谁”“宽”重读
已知/泉路/近，欲别/故乡/难	慢速，表现出深情依恋，对故乡与亲人的不舍，“难”拖长
毅魄/归来/日，灵旗/空际/看	坚定豪迈，悲壮慷慨，“毅魄”“看”重读，苍劲有力

第二单元

励志自勉

- 离骚 （节选）
- 饮酒 （其五）
- 南陵别儿童入京
- 望岳
- 剑客
- 孤桐
- 定风波
- 渔家傲
- 苔二首
- 狱中题壁

12. 离骚（节选）

屈　原

长太息①以掩涕兮，哀民生②之多艰！余虽好修姱以鞿羁兮③，謇朝谇而夕替④。既替余以蕙纕兮，又申之以揽茝⑤。亦余心之所善⑥兮，虽九死其犹未悔！怨灵修之浩荡兮，终不察夫民心⑦。众女嫉余之蛾眉兮⑧，谣诼⑨谓余以善淫。固时俗之工巧兮⑩，偭规矩而改错⑪。背绳墨以追曲兮⑫，竞周容以为度⑬。忳郁邑余侘傺兮⑭，吾独穷困乎此时也。宁溘死以流亡兮⑮，余不忍为此态也！鸷⑯鸟之不群兮，自前世而固然⑰。何方圆之能周兮，夫孰异道而相安⑱！屈心而抑志兮，忍尤而攘诟⑲。伏清白以死直兮⑳，固前圣之所厚㉑。

---

① ［太息］叹息。掩涕，擦拭眼泪。

② ［民生］人民的生计。一说，民生即人生。

③ ［修姱（kuā）以鞿（jī）羁（jī）兮］我只是崇尚美德而约束自己啊。修姱，修洁而美好。鞿羁，喻指束缚、约束。鞿，马缰绳。羁，马笼头。

④ ［謇（jiǎn）朝谇（suì）而夕替］早上进谏，晚上就被贬黜。謇，助词。谇，进言，谏诤。替，贬黜、废弃。

⑤ ［既替余以蕙纕（xiāng）兮，又申之以揽茝（chǎi）］他们攻击我佩戴蕙草啊，又指责我爱好采集茝兰。纕，佩戴。申，重复、加上。揽，采集。茝，古书上说的一种香草。

⑥ ［善］爱好。

⑦ ［怨灵修……夫民心］我怨恨那楚怀王过分荒唐啊，不能明了我的心迹。灵修，指楚国国君。浩荡，水盛大，这里喻楚怀王糊涂得厉害。民，屈原自谓。

⑧ ［众女嫉余之蛾眉兮］众女，喻指许多小人。蛾眉，眉如蚕蛾，美好的样子，喻指高尚德行。

⑨ ［诼（zhuó）］诬谤。

⑩ ［固时俗之工巧兮］时俗本就喜欢投机取巧。固，本来。工巧，善于取巧作伪。

⑪ ［偭（miǎn）规矩而改错］违背规矩而任意改变。偭，违背。规，用来求圆形的工具。矩，用以求方形的工具。规矩，法则。错，同“措”。改错，改变措施。

⑫ ［背绳墨以追曲兮］违背准绳而随意歪曲啊。绳墨，用以画直线的工具，比喻正道。追，追随。曲，邪曲。

⑬ ［竞周容以为度］争着用苟合求容作为处世方法。周容，苟合以求容。度，方法。

⑭ ［忳（tún）郁邑余侘傺（chàchì）兮］忳，忧烦。郁邑，忧思郁结。侘傺，失意的样子。

⑮ ［宁溘（kè）死以流亡兮］宁愿突然死去或漂泊异乡。溘，忽然死去。以，或者。流亡，漂泊异乡。

⑯ ［鸷（zhì）］鹰隼类猛禽，刚烈而不合群，为屈原自喻。不群，不合群。

⑰ ［自前世而固然］自古以来就是这样。

⑱ ［何方圆……而相安］方的和圆的东西怎能相互配合啊，不同道的人又怎能安然相处？何，如何。能周，能够相合。

⑲ ［忍尤而攘诟（rǎnggòu）］尤，罪。忍尤，忍受旁人加己之罪。攘诟，容忍旁人的诟骂。

⑳ ［伏清白以死直兮］坚守清白为正义而死。伏，通“服”。伏清白，保持清白。死直，守正直之道而死。

㉑ ［厚］看重。

【作者与创作背景】

《离骚》的写作年代说法不一：根据《史记·屈原贾生列传》，应作于屈原被楚怀王疏远之后；但司马迁《报任安书》又说："屈原放逐，乃赋《离骚》"，则指在楚顷襄王时。《离骚》是诗人根据楚国的政治现实和自己的不平遭遇，"发愤以抒情"而创作的一首政治抒情诗。诗中曲折地抒写了诗人的身世、思想和境遇，因此有人把它看作是屈原生活历程的形象记录。

屈原（约前340—前278），芈（mǐ）姓，名平，字原，战国时楚国诗人、政治家。曾辅助楚怀王处理内政，应付诸侯，甚得信任。后因同僚进谗，被楚怀王疏远。楚顷襄王时，被流放到江南。后因国家政事日益混乱，屡遭秦国侵凌，迫近危亡，悲愤忧郁，投汨罗江而死。屈原是浪漫主义爱国诗人。他以南方民歌为基础，采用楚国方言的形式创造的楚辞文体在中国文学史上独树一帜，对后世诗歌创作产生了积极影响。屈原作有《离骚》《九歌》《天问》《九章》等，强烈反映了他进步的政治理想，坚决与黑暗现实抗争的性格和爱国精神。

【参考译文】

我长叹一声啊，眼泪止不住流下来，我哀叹人民的生活是多么的艰难！我只是崇尚美德而约束自己啊，早上进谏，晚上就被贬黜。他们攻击我佩戴蕙草啊，又指责我爱好采集茝兰。这些是我倾心珍爱的啊，就算为此死多次也绝不后悔！我怨恨那楚怀王过分荒唐啊，不能明了我的心迹。那些小人们嫉妒我的蛾眉花容啊，造谣诬谤说我妖艳狐媚。世俗的人们本就喜欢投机取巧啊，违背规矩而随意改变。背弃准绳正道而任意歪曲啊，争着用苟合求容作为处世方法。我抑郁苦闷惆怅失意啊，现在穷困窘迫多么艰难。我宁愿突然死去或漂泊异乡，也不愿仿效这种丑态。雄鹰不会与燕雀合群啊，自古以来就是如此。方的和圆的东西怎能相互配合啊，不同道的人又怎能安然相处？我心里委屈意志压抑啊，暂且忍痛把谴责和耻辱一起承担。坚守清白为正义而死啊，这本来就是前代圣人所看重的品行。

【赏析】

《离骚》是屈原作品中最长、最具代表性的一篇，也是世界诗歌史上最雄奇的诗篇之一。司马迁说："'离骚'者，犹离忧也。"意为"遭遇忧愁"。诗人在这首波澜起伏、想象瑰奇、气魄宏伟、情真意挚的抒情长诗中，抒写了自己的身世生平、不幸境遇、美好追求，揭露了楚王的昏聩多变、善恶不分、忠奸不辨，抨击了旧贵族的嫉贤妒能、结党营私、谗佞贪婪。诗人反复申述自己远大的政治理想，诉说在政治斗争中所受的迫害，批判现实的黑暗，并借对幻想境界的描绘，表达了自己对祖国的热爱之情，对理想的积极追求和对腐朽势力毫不妥协的斗争精神。

节选部分开头用“长太息以掩涕兮，哀民生之多艰”表现了诗人对人民的深切同情，其忧国忧民的伟大情操和强烈的爱国情怀跃然纸上。接着诗人叙述自己由于楚王的昏聩、众小人的谗毁，在这浑浊的世界里感到很孤独，虽然理想不能实现，却不屈服，并向腐朽的反动势力进行了猛烈的抨击。节选部分表达了诗人坚持“美政”的志向、至死不渝的节操，以及献身理想的决心。

【诵读指导】

《离骚》全诗每一整句都由两个用“兮”字连接的前后句组成，加上固定的偶句韵，使全诗一直在回环往复的旋律中进行，读起来参差错落，具有很强的节奏感。节选部分宜用一种沉痛而激昂的语调来朗读。一般地，每一整句中的前句要读得较为舒缓平和一些，而后句要读得铿锵有力、掷地有声。

长太息以掩涕兮，哀民生之多艰	“多艰”重读，音调略高 停顿：长太息/以掩涕兮，哀民生/之多艰
余虽好修姱以鞿羁兮，謇朝谇而夕替	缓慢、低沉、悲愤
既替余以蕙纕兮，又申之以揽茝	怨愤
亦余心之所善兮，虽九死其犹未悔	“九死”“犹未悔”重读，表决心 停顿：虽九死/其犹未悔
怨灵修之浩荡兮，终不察夫民心 众女嫉余之蛾眉兮，谣诼谓余以善淫	怨愤，“怨”“终”重读
固时俗之工巧兮，偭规矩而改错 背绳墨以追曲兮，竞周容以为度	鄙夷，愤慨
忳郁邑余侘傺兮，吾独穷困乎此时也	愁闷，“吾独穷困”重读
宁溘死以流亡兮，余不忍为此态也 鸷鸟之不群兮，自前世而固然	坚决，“宁”重读 停顿：宁/溘死以流亡兮
何方圜之能周兮，夫孰异道而相安	鄙夷，愤慨，“孰”重读
屈心而抑志兮，忍尤而攘诟	沉重缓慢
伏清白以死直兮，固前圣之所厚	决绝，“清白”“死直”重读

13. 饮酒（其五）

陶渊明

结庐①在人境②，而无车马喧③。

问君④何能尔⑤，心远⑥地自偏⑦。

采菊东篱下，悠然⑧见南山⑨。

山气日夕⑩佳，飞鸟相与还⑪。

此⑫中有真意⑬，欲辨⑭已忘言⑮。

【作者与创作背景】

陶渊明（约365—427），字元亮，又名潜，浔阳柴桑（今江西九江）人，东晋著名诗人。因门前栽有五棵柳树，故自称五柳先生。他曾做过几任小官，因看不惯官场的污浊，便退隐田园，田园生活是陶渊明所作诗歌的主要题材，相关作品有《饮酒》《归园田居》《桃花源记》《归去来兮辞》等。

---

① ［结庐］构筑房舍。
② ［人境］人间，人类居住的地方。
③ ［车马喧］指世俗来往的喧闹。
④ ［君］作者自称。
⑤ ［尔］这样，如此。
⑥ ［心远］心灵远离尘世。
⑦ ［地自偏］生活的地方自然感觉很僻静。
⑧ ［悠然］形容自得的样子。
⑨ ［南山］泛指作者所居之处南边的山峰，一说指庐山。
⑩ ［日夕］近黄昏的时候。
⑪ ［相与还］飞鸟成群结队归巢。
⑫ ［此］作者看到的情景。
⑬ ［真意］人生的真正意义。
⑭ ［欲辨］想要说清楚。辨，辨识。
⑮ ［忘言］无法也无须真切地说出来。

《饮酒》共二十首，都是酒后偶然的题咏。这首诗是其中第五首，也是最著名的一首。

【参考译文】

盖一间草屋住下，生活在乡村，没有世俗交往和车马往来的喧闹纷扰。

要问我为什么能做到这样？因为心灵已经远离了尘世的牵挂，所以生活的地方自然就清净起来。

我在东边篱笆下采菊时，悠然自得地望见南山的美景。

山中的气象以黄昏时为最美，一只只山鸟结伴着回巢。

从大自然的美景中我领会到一种人生的真正意义，想要把它说清楚，却又不知如何说，也无须真切地说出来了。

【赏析】

这首诗主要描摹了诗人弃官归隐田园后悠然自得的心态，表达了诗人厌倦官场、隐归田园，陶醉于自然界、超世脱俗的生活态度。

这首诗的意境可分为两层，前四句为一层，内涵丰富而深刻。“结庐在人境”点明诗人的隐居之处。隐于“人境”，表明他弃官但不弃世，避世却不避人，他厌恶的只是官场的尔虞我诈。“车马喧”就是尘世熙攘、官场倾轧的现状的写照。诗人自问自答，表明了为什么自己身处尘世却感觉不到纷扰的原因：就是因为自己心灵淡远，精神世界已自我净化。

后六句为一层，表达了诗人从南山美景中获得的精神乐趣。“采菊东篱下，悠然见南山”是古今传诵的名句。“菊”是高风亮节的象征，正寄托了诗人摒弃世俗、心性高洁的志趣。“悠然”表明诗人从大自然中得到的和谐快乐并不是有意寻求，而是不期而遇。“见”也是无意偶见，于不期然中达成物我两忘的境界。诗人的悠然自得之意在“山气日夕佳，飞鸟相与还”一句中得到了加强：以群山为背景，刻画出自由翱翔的归鸟。这鸟或许是诗人艺术的化身。飞鸟日出而出，日落而返，像极了诗人的隐居生活。

从这样的自然之境、适意人生中，诗人领悟到了生命的“真意”。这里的“真意”是诗人对淳朴自然的社会理想的向往，是对当时社会风气的批判。但诗人巧妙地用“欲辨已忘言”一言以蔽之。诗意含蓄而隽永，给读者留下了丰富的想象空间。

全诗语言平易朴素，写景、抒情、议论兼有，自然之美、人生之理有机结合，融情趣于理趣之中，在情、景、理的交融中尽显诗人醇厚平淡的风格。

【诵读指导】

这是一首田园诗，应用平和恬淡的语气诵读，不用明显的重音和停顿，每句节奏以“××/×××”为准。在诵读最后一句时，“已忘言”三字可适当延长，以营造余味悠长之感。

14. 南陵①别儿童入京

李　白

白酒新熟山中归，黄鸡啄黍秋正肥。

呼童烹鸡酌白酒，儿女嬉笑牵人衣。

高歌取醉欲自慰，起舞落日争光辉②。

游说③万乘④苦不早⑤，著⑥鞭跨马涉远道。

会稽愚妇轻买臣⑦，余亦辞家西入秦⑧。

仰天大笑出门去，我辈岂是蓬蒿人⑨！

【作者与创作背景】

李白（701—762），字太白，号青莲居士，是我国古代浪漫主义诗人的杰出代表，被誉为“诗仙”，与杜甫并称“李杜”。天宝元年（742）唐玄宗召他入京，他立刻回到南陵家中与儿女告别，并写下了这首激情洋溢的七言诗。但不久他就被赐金放还，随后漫

---

① 〔南陵〕在今安徽省南陵县。

② 〔起舞落日争光辉〕酒酣后兴致极浓，翩翩起舞，似与落日争辉。

③ 〔游说（shuì）〕古代一些政客，奔走各国，劝说君主采纳其政治主张，后泛指劝说别人接受某种意见或主张。

④ 〔万乘（shèng）〕原指万辆兵车。周朝制度，天子地方千里，兵车万辆。因此，后来称天子为“万乘”。

⑤ 〔苦不早〕恨不早去做。

⑥ 〔著（zhuó）〕附着，加……于上。

⑦ 〔会（kuài）稽愚妇轻买臣〕会稽的愚昧妇人曾看不起朱买臣。朱买臣，汉会稽吴郡（今江苏吴县）人，好读书，早年家贫，靠卖柴为生。妻子嫌他贫贱，离开了他。数后年，买臣往长安求仕成功，曾一度任会稽太守。李白引用这个典故，比喻那些轻视自己的世人，就如同朱买臣的妻子一样。

⑧ 〔秦〕在这里指唐朝的国都长安，因为长安在春秋战国时属秦国。

⑨ 〔蓬蒿（hāo）人〕蓬、蒿，是长在野地上的两种杂草，所以“蓬蒿人”就是指田野中的平民。

游各地。“安史之乱”中，李白参加永王李璘幕府。永王兵败，他获罪流放夜郎，中途遇赦。晚年漂泊于东南一带，病卒于安徽当涂。他的诗用语大胆，想象奇特，诗风豪放飘逸。

【参考译文】

从山中游玩归来时新酿的白酒已熟，秋天里黄鸡啄食黍粒长得正肥硕。

听到我叫书童把鸡宰杀来煮了下酒，儿女们嬉笑着牵着我的衣服玩耍。

一边高声放歌，一边畅饮美酒，这让我感到十分快慰；站起身来拔剑起舞，光彩焕发，似与落日争辉。

可恨没能早些年见到皇帝劝说他采纳我的政治主张，赶紧快马加鞭奔赴远方报效国家。

当年会稽的愚昧妇人曾看不起朱买臣，如今我也告别家人往西进入长安。

仰面朝天大笑着出门而去，像我这样的人哪能长期在草野乡间虚度时光？

【赏析】

李白写此诗时，满心以为政治理想即将实现，激动和兴奋的心情可想而知。诗的开头描绘出一派喜人的丰收景象：时令正值“秋正肥”，自酿的白酒新熟，悠闲的黄鸡正在啄黍，付出的汗水终于迎来丰收，自己的理想也如丰收场景，即将成为现实。接下来用“呼童烹鸡酌白酒，儿女嬉笑牵人衣”将家中热闹的氛围描写得生动有趣，特别是“呼”字颇能体现出诗人眉飞色舞、神情飞扬之态。诗人的情绪感染了家人，儿女拉着诗人的衣服嬉闹，这样的生活场景写得真切动人。酒酣之际，诗人不禁拔剑起舞，落日的余晖与宝剑的闪闪寒光争相辉映，把诗人喜悦的心情表现得淋漓尽致。

“游说万乘苦不早，著鞭跨马涉远道”，诗人叹息自己的才能和抱负未能得到及早地施展，现在才有了大展宏图的机会，希望能快马加鞭，早日见到皇帝，尽忠效命，报效国家。诗人那种久盼赏识却壮志未酬的忧愤以及一朝被征便急切出仕的得意心态曲折复杂。由于诗人“苦不早”，便自然联想到了早年失意、晚年得志的朱买臣，诗人用“会稽愚妇”讥笑像朱买臣妻子一样目光短浅的小人。作此诗时，诗人面前是直上青云的仕途，自然踌躇满志，心高气傲。

经过层层蓄势，全诗感情在结尾两句推演到高潮，大喊“仰天大笑出门去，我辈岂是蓬蒿人”，欣喜形态，跃然纸上，心中久积的愤懑和痛苦，一泄而尽，那一声志得意满的狂笑，至今读来宛在眼前。

获诏入京是诗人政治生活中的一件大事，整首诗直陈其事，正面描写与烘托相结合，将诗人昂扬奋发的情绪挥洒得淋漓尽致。诗歌结构清晰明快，事件发展有头有尾，诗人的喜悦之情也越来越浓烈，结尾两句更是成为诗人豪放性格的突出写照。

【诵读指导】

这首诗的节拍统一，都是“××××/×××”。全诗感情积极昂扬，充满着对未来的憧憬。

白酒新熟山中归，黄鸡啄黍秋正肥	轻快，表现志得意满
呼童烹鸡酌白酒，儿女嬉笑牵人衣	
高歌取醉欲自慰，起舞落日争光辉	
游说万乘苦不早，著鞭跨马涉远道	前句表达惋惜意，后句加快，表现急迫心情
会稽愚妇轻买臣，余亦辞家西入秦	前句表达轻蔑意，后句表现强大自信
仰天大笑出门去，我辈岂是蓬蒿人	昂扬，后句用不容置疑的反问语气

15. 望 岳①

杜 甫

岱宗②夫如何？齐鲁③青未了④。

造化⑤钟神秀，阴阳⑥割⑦昏晓。

荡胸生层云，决眦⑧入归鸟。

会当⑨凌⑩绝顶，一览众山小。

【作者与创作背景】

杜甫（712—770），字子美，河南巩县（今河南巩义）人，唐代伟大的现实主义诗人，有“诗圣”之誉。唐肃宗时曾任左拾遗、检校工部员外郎等职，被后世称为“杜工部”。杜甫诗作风格多样，以沉郁为主，语言精练，极富表现力，显示了唐朝由盛转衰的历史过程，被称为“诗史”。

唐玄宗开元二十三年（735 年），杜甫在洛阳应试落第，漫游齐赵（今山东、河南、河北一带），望泰山而作此诗。这是现存杜诗中年代最早的一首，字里行间洋溢着青年杜甫蓬勃的朝气。

---

① 〔岳〕此处指东岳泰山。
② 〔岱宗〕泰山亦名岱山，在今山东泰安城北。古代以泰山为五岳之首，诸山所宗，故称“岱宗”。
③ 〔齐鲁〕古代齐鲁两国以泰山为界，齐国在泰山北，鲁国在泰山南。
④ 〔青未了〕郁郁苍苍的山色一直在视野中不消失。
⑤ 〔造化钟神秀〕大自然聚集了神奇秀丽的景色。造化，大自然。钟，聚集。
⑥ 〔阴阳〕这里指山北山南。
⑦ 〔割〕划分。
⑧ 〔决眦〕形容极目远视的样子。决，张大。眦，眼眶。
⑨ 〔会当〕一定要。
⑩ 〔凌〕登上。

【参考译文】

泰山到底有多么巍峨雄伟？齐鲁大地上的青翠山色直到远方都能望见。大自然在这里聚集了神奇秀丽的景色。山峰高峻，同一时间似将山南山北分隔成清晨和黄昏两重景象。

山中白云层出不穷，心胸亦为之荡漾。极目张望，才能看到归巢的飞鸟。

一定要登上泰山顶峰，那时俯瞰群山会是多么渺小。

【赏析】

这首诗是杜甫青年时代的作品，充满了诗人青年时代的浪漫与激情。全诗紧紧围绕诗题“望岳”的“望”字着笔，由远望到近望，再到凝望，最后是俯望。诗人描写了泰山雄伟磅礴的气象，抒发了自己勇于攀登、俯视一切的雄心壮志，洋溢着蓬勃向上的朝气。

开头两句写远望泰山。“岱宗夫如何”描写诗人刚一望见泰山时，高兴得不知怎样形容才好的惊叹、仰慕之情，非常传神。“齐鲁青未了”是经过一番揣摩后得出的答案。它没有直接形容泰山之高，而是跳出地域限制，在齐鲁两国之外遥望：青翠山色总能看到，以距离之远来烘托泰山极高。

第三句、第四句是近望泰山。一个“钟”字把天地万物一下写活了：大自然如此有情致，把神奇和秀美汇集到泰山。“割”字则写出了泰山的巍峨高大：用直插霄汉的身形将山南山北的阳光割断，形成不同的景观，突出了泰山遮天蔽日的形象，使静止的泰山顿时充满了雄浑的主宰力量。

第五句、第六句写细望泰山。诗人遥见山中云气层出不穷，心胸亦为之荡漾。“决眦”二字尤为传神，生动地描写了诗人在神奇缥缈的景观面前像着了迷一般，想把这一切看个够，看个明白，因而使劲地睁大眼睛张望，故感到眼眶有似要决裂。“归鸟”是投林还巢的鸟，可知时已薄暮，诗人还在张望，蕴藏着诗人对祖国河山的热爱和赞美之情。

最后两句则是欲登泰山俯瞰。诗人因泰山的巍峨雄伟而产生了登山的想法，意欲一览无余而后快。众山的小和泰山的高大之对比表达了诗人的壮志和意志，抒发了诗人不怕困难、敢于攀登、俯视一切的雄心和气概。这两句诗是传诵极广的名句。

综观全诗，诗人的谋篇布局和艺术构思可谓精妙奇绝。全诗以题中的“望”字统摄全篇，句句写望岳，但通篇并无一个“望”字，而能给人以身临其境之感，全诗寄托虽然深远，但通篇只见登览名山之兴会，丝毫不见刻意比兴的痕迹，气骨峥嵘，体势雄浑。

【诵读指导】

这是一首五言诗歌，每句均按“××/×××”的节奏诵读。全诗的感情基调是积极豪迈的，诵读时要注意把磅礴的气势读出来。其中，前四句语调相对平缓，后四句语调高亢。尤其是最后两句，要体现出澎湃的激情和高远的志向。

16. 剑　　客[①]

贾　岛

十年磨一剑，霜刃未曾试。

今日把示君，谁有不平事？

【作者与创作背景】

贾岛（779—843），唐代诗人，字浪仙，范阳幽都石楼村（今北京房山）人。早年迫于生计，栖身释门为僧，法名无本。与孟郊同以苦吟著名，被称为“诗奴”，苏轼说“郊寒岛瘦”，便是指二人的诗作多愁苦凄清之境，诗风孤郁悲凉。这与贾岛出身平民、门第寒微、屡试不第、性格内向有关。

贾岛晚年名气越来越大，他内心的压抑不平、行为乖张，都得到晚唐一些诗人的共鸣，而作诗之苦，更为他们所效法，其影响直至宋末。

贾岛将作诗代替生活，称自己作诗是“二句三年得，一吟双泪流”，可谓是精益求精，煞费苦心，与之相关的“推敲”典故的由来就体现了他作诗“苦吟”的特点。他的诗以五律居多，但多以铸字炼句为胜，缺乏完整的构思，故有佳句而少有佳篇。《剑客》则是他的一首思想情感充沛、艺术成就高超的豪壮之作，诗中将剑客的豪侠意气描写得非常动人。

【参考译文】

我花了整整十年的功夫才磨制成了一把剑，剑刃亮闪如霜雪，寒光凛凛，十分锋利，只是还没有试过锋芒。今天我将它取出来给您看看，请告诉我：谁有冤屈不平的事呢？我将奋勇上前，替他伸张正义。

【赏析】

贾岛诗思奇僻，这首五言绝句《剑客》却直吐胸臆，语言简洁，感情强烈，给人别

---

① 〔剑客〕行侠仗义之人。

具一格的感觉。

首句“十年磨一剑”，描述剑客呕心沥血，花了十年时间才打磨出一把宝剑，显示出这把剑非同一般。接着描写剑刃如霜，寒光闪烁，锋利无比却“未曾试”，剑客的跃跃欲试之意却已流于言外。可知这位剑客潜心修炼多年，身怀绝技却还没有机会一显身手，期盼能有表现自己才能的机会。这两句其实是诗人借咏剑而自喻，意在以宝剑未试表现剑客苦练十年，尚未一展绝技，来比喻自己十年寒窗刻苦读书，抱负和才华不得施展。

“今日把示君，谁有不平事？”则喻剑客得遇知贤善任之“君”，于是毫不犹豫地亮出了宝剑，毛遂自荐，自信满满地要对方告诉自己：“天下谁有冤屈不平的事？”将剑客的豪侠意气表现得淋漓尽致，宛如剑鸣于匣，呼之欲出。这实则是诗人借剑客的口吻托物言志，借咏剑以寄托理想，抒发自己渴望得到重用，施展才华和政治抱负，读来令人热血澎湃，豪情满怀。诗人充满自信而又急欲干出一番事业的壮志豪情跃然纸上。

这首诗在艺术上的成就主要不是表现在形式技巧上，诗人注重的是比喻贴切，主题明确，刻画了一个潜心学艺、充满自信、自告奋勇、仗剑扶危的剑客形象，并以此自喻，表达自己渴望建功立业、兴利除弊的人生理想。这种寓政治抱负于鲜明形象之中的表现手法十分高明，诗作的思想性与艺术性结合得自然而巧妙，剑客形象丰满，个性鲜明，率性奔放，不受拘束。全诗语言直白平易，风格明快，感情奔放，气势充沛，尽显干练豪爽的侠客之风，读来剑中见人，达到人剑合一的艺术效果。

【诵读指导】

这首诗语言明快，节奏活泼，感情强烈。整体基调为率直自信、豪情万丈。诗中每句的基本节拍为“××/×××”。

十年/磨一剑	“磨”重读，拖长音，突出呕心沥血、精心磨制
霜刃/未曾试	“未曾”重读，突出跃跃欲试的急切心态
今日/把示君	激动、欢快
谁有/不平事	问句，“不平事”语调升高、拖长，突出剑客仗剑扶危的豪侠意气，诗人渴望建功立业、实现人生理想的强烈感情

17. 孤　桐[1]

王安石

天质[2]自森森[3]，孤高[4]几[5]百寻[6]。

凌霄[7]不屈己[8]，得地[9]本虚心[10]。

岁老根弥[11]壮，阳骄[12]叶更阴[13]。

明时[14]思解愠[15]，愿斫[16]五弦琴[17]。

【作者与创作背景】

王安石（1021—1086），字介甫，号半山，抚州临川（今江西抚州）人，北宋政治家、文学家，唐宋八大家（韩愈、柳宗元、苏轼、苏洵、苏辙、欧阳修、王安石、曾巩）之一。其诗内容深刻，长于议论，精于炼字炼句，用典恰当，对偶工整圆熟，遒劲清新。

---

① ［孤桐］《书·禹贡》：“峄（yì）阳孤桐。”孤桐为峄山一景，历代吟咏颇多。
② ［天质］自然的素质。
③ ［森森］树叶茂密的样子。
④ ［孤高］孑然卓立的样子。
⑤ ［几（jī）］几乎，近于。
⑥ ［百寻］寻，古代长度单位，八尺为一寻。这里是极言其高。
⑦ ［凌霄］直上云天。
⑧ ［不屈己］屈，屈服、弯曲的意思。这里指不使自己弯曲。
⑨ ［得地］得到土地的营养。
⑩ ［虚心］梧桐树木质中空。这里是一语双关，象征谦虚的心怀。
⑪ ［弥］更加。
⑫ ［阳骄］指阳光炽烈。
⑬ ［阴］通“荫”，指树叶成荫。
⑭ ［明时］政治清明之时。
⑮ ［解愠（yùn）］解除百姓的疾苦、怨愤。愠，疾苦，怨愤。
⑯ ［斫（zhuó）］砍，削。
⑰ ［五弦琴］古琴的一种。桐木是造琴的上好材料。

王安石官至宰相，在神宗支持下主持变法，但遭到以司马光为首的保守派强烈反对。这首诗是诗人在变法遭到反对、不被世人理解时写就的。

【参考译文】

孤高的梧桐天生就能长得茂盛繁密，巍然屹立，拔地将近百寻。
它高插云霄，不卑躬屈节，扎根大地，努力汲取营养。
年岁越老，桐根越壮，太阳越炽烈，叶子越浓密。
政治清明时，想着解决民间疾苦，愿被砍伐制作成五弦琴。

【赏析】

这是一首咏物诗，是诗人在变法遭到反对时所写。诗人自比孤高的梧桐，表达了推行新法的坚强意志和献身精神；同时，也反映出诗人孤立无援的处境。

前两句描写梧桐的外形：枝繁叶茂，挺拔向上，独立不倚。“孤高”二字点题“孤桐”。第三句、第四句由其外形进而写其本性：直插云霄，坚强不屈，扎根大地，虚心汲取。第五句、第六句进一步写其本性：条件越不好，环境越艰苦，精神越抖擞，斗志越旺盛，表现了一种积极进取的精神。最后两句表达梧桐解民愠怒的心愿。诗人用拟人化的手法描写梧桐，借梧桐来表达自己的志向。

全诗成功地运用比兴的手法，语意双关，表象是咏物，实则是言志，形象鲜明，寓意深刻。

【诵读指导】

这是一首五言诗歌，每句节奏均为“××/×××”。整首诗应用平缓、深沉的语调诵读。在读“岁老根弥壮，阳骄叶更阴”时，“根弥壮”“叶更阴”要加强语气，略重读。

18. 定风波

苏轼

三月七日①，沙湖②道中遇雨，雨具先去，同行皆狼狈，余独不觉。已而③遂晴，故作此词。

莫听穿林打叶声④，何妨吟啸⑤且徐行⑥。竹杖芒鞋⑦轻胜马⑧，谁怕？一蓑烟雨任平生⑨。　　料峭⑩春风吹酒醒，微冷，山头斜照却相迎。回首向来萧瑟处⑪，归去，也无风雨也无晴。

【作者与创作背景】

苏轼（1037—1101），字子瞻，号东坡居士，眉山（今四川眉山）人，北宋著名文学家、书法家、画家，唐宋八大家之一，与苏洵、苏辙合称“三苏”。其诗与黄庭坚并称“苏黄”，现存诗作约四千首，内容广阔，酣畅淋漓地抒发对社会和人生的看法，批判现实，关心民生，富有哲理性。其词与南宋词人辛弃疾并称“苏辛”，同为豪放派代表。作品集有《苏东坡集》《东坡乐府》等。

苏轼积极入世，为人坦荡，多次受排挤打压。元丰二年，苏轼因“乌台诗案”获罪，遭贬黄州（今湖北黄冈），其身份虽是团练副使，实则是半流放半软禁。在黄州，他潜心研修佛老之道，游走于渔樵之间。元丰五年，他归途遇雨，安之若素。因眼前景，触心中事，有感而发，写下这首《定风波》。

---

① 〔三月七日〕指元丰五年（1082）的三月七日，这是苏轼被贬黄州的第三年。

② 〔沙湖〕地名。在黄州城东南30里。苏轼被贬黄州后，准备在沙湖买田终老。这首词是去沙湖看田归途遇雨后所作。

③ 〔已而〕不久。

④ 〔穿林打叶声〕指雨声。

⑤ 〔吟啸〕吟咏歌啸，形容悠闲自得。

⑥ 〔徐行〕缓步前行。

⑦ 〔芒鞋〕草鞋。芒，多年生草本植物，可编织草鞋。

⑧ 〔轻胜马〕比骑马轻松。

⑨ 〔一蓑（suō）烟雨任平生〕披着蓑衣在风雨里过一辈子也处之泰然。蓑，蓑衣，用棕毛等制成的雨披。

⑩ 〔料峭〕形容微寒。

⑪ 〔萧瑟〕风雨吹打树叶的声音。

【参考译文】

三月七日，在沙湖道上赶上下雨，大家没有雨具，同行的人都觉得很狼狈，只有我不这么觉得。过了一会儿天晴了，就作了这首词。

别理睬雨水穿林打叶的声音，不妨一边吟咏一边长啸，悠然自适地缓缓前行。我手拄竹杖脚穿草鞋，走起路来比骑马还轻便自如。风吹雨打有什么可怕？披着蓑衣，任它雨冷风寒，潇洒自在地度过一生。

料峭的春风将我的酒意吹醒，带来微微的冷意，渐落的夕阳却在山头相迎。回望来时的风雨之路，回去吧，对我来说既无所谓风雨，也无所谓天晴。

【赏析】

全词旷达洒脱，充满哲理与思辨意味。

上片一开始，写冒雨前行，起笔陡健，颇见性情。面对“穿林打叶”之雨的突发而至，词人目不斜视，耳不旁听，不仅缓步前行，还且啸且吟，一派安闲若定的气度。首句以雨打树叶之声比喻朝廷中小人的诽谤之声，自然界的声音本客观存在，说“莫听”表示不为外物所挂怀，“何妨”二字既显出沉着洒脱又有一种艰难困苦且奈我何的倔强和坚毅。“吟啸”“徐行”表现了风雨中的气定神闲。大难之后，已无功名之念，虽身处逆境，却能悠然自得，故而“竹杖芒鞋”的素衣简装胜过轻裘白马的富贵显达。接下来短促而决绝的两个字“谁怕”，再一次表明了词人不惧人生逆境的态度。“一蓑烟雨任平生”，词人从眼前景写到心中事，从眼前的风雨想到人生的风雨，既表明了坦然接受人生挫折的态度，也有着希望从此归去、放浪于烟波浩渺江湖的意愿。

下片写雨后的情景和感受。“料峭春风吹酒醒”写春风吹过，微微寒冷，“山头斜照却相迎”点明雨过天晴。“回首向来萧瑟处，归去，也无风雨也无晴。”这既是写实，也有着言外之深意。词人在那一瞬间获得顿悟：自然界的风雨晴天既然是寻常，那么人生中的荣辱得失又何足挂齿？“萧瑟”是指风雨之声，与上片“穿林打叶声”遥相呼应。“风雨”二字一语双关，既指这次途中遇到的风雨，又暗指几乎致他于死地的政治风雨。但不管怎样，在词人眼里，最后“也无风雨也无晴”，一切都归于平静，表现出词人可用坦然平静的心态看待人生的一切起起落落。

纵观全词，一种醒醉全无、悲喜不惊、胜败皆忘的人生态度呈现在读者面前。

【诵读指导】

这首词中，凡七言句至少在第四字后略有停顿，即“××××/×××”。上片语调变化相对平缓，下片则应有明显的起伏变化。诵读中应尽量表现词人超然洒脱的人生态度。

莫听穿林打叶声	平静
何妨吟啸且徐行	“何妨吟啸”昂扬；“且徐行”转低
竹杖芒鞋轻胜马，谁怕	轻松，“谁怕”反问语气
一蓑烟雨任平生	洒脱，率性；“任”略重读，“任平生”略慢
料峭春风吹酒醒	语调升高
微冷，山头斜照却相迎	语调转平，“却”略重读
回首向来萧瑟处	语调渐高，“萧瑟处”略慢
归去，也无风雨也无晴	“归去”语调稍降，“也无风雨”语调再升高，“也无晴”语调降，略慢

19. 渔家傲

李清照

天接云涛连晓雾，星河①欲转千帆舞。仿佛梦魂归帝所②，闻天语③，殷勤问我归何处。

我报④路长嗟日暮⑤，学诗谩⑥有惊人句。九万里风鹏正举⑦，风休住，蓬舟⑧吹取⑨三山⑩去。

【作者与创作背景】

李清照（1084—约1151），号易安居士，齐州章丘（今山东济南章丘）人，宋代著名女词人，婉约词派代表。李清照经历了北宋末年的战乱，因而词风上出现了很大的变化。前期多写其悠闲生活，后期表达的多是对流亡生活的感受。这首词应当是李清照追随宋高宗流亡海上时的作品。

【参考译文】

天幕四垂，连着汹涌的波涛和早晨的云雾。银河似要转动，成千的帆船逐浪起舞。梦里依稀觉得，我回到了天帝居住的地方，听到天帝殷勤地问我要到何方。

我对天帝说，人生道路漫长，可叹已是夕阳西下，时光渐晚，有惊人的诗词华章也

---

① 〔星河〕银河。

② 〔帝所〕天帝的居处。

③ 〔闻天语〕听见天帝的话语。

④ 〔报〕回答。

⑤ 〔路长嗟（jiē）日暮〕这里化用了《离骚》中的两句诗："路漫漫其修远兮""日忽忽其将暮"，意思是：人生路途遥远，可叹已是夕阳西下，时光渐晚。嗟，慨叹。

⑥ 〔谩〕徒，空。

⑦ 〔九万里风鹏正举〕语出《庄子·逍遥游》："鹏之徙于南冥也，水击三千里，抟（tuán）扶摇而上者九万里。"意思是九万里长空中，大鹏正伴着狂风向上飞翔。

⑧ 〔蓬舟〕蓬草似的轻舟。

⑨ 〔吹取〕吹到。

⑩ 〔三山〕指蓬莱、方丈、瀛洲。传说那里住着神仙，有长生不老药，有珍禽异兽，还有富丽堂皇的宫殿，是一个极富有吸引力而又难以到达的神奇世界。

是空枉。九万里长空中，大鹏正伴着狂风向上飞翔。狂风啊，不停地吹吧，将载着我的轻舟吹到蓬莱、瀛洲与方丈三座仙山上。

【赏析】

这首词与李清照其他多数作品不同，颇有豪放风格。本词开头气势磅礴，借助对梦境的描述，创造了一个幻想中的神话世界，充分反映出词人对生活的热情、对自由的向往和对光明的追求。

词的上片一开头，“天接云涛连晓雾，星河欲转千帆舞”所展现出来的开阔大气的境界，为唐五代以及两宋词所少见。“接”“转”“舞”三个动词写出海天动荡的境界。“星河欲转”的原因是“千帆舞”：从颠簸的帆船上仰望天空，感觉天上的银河似乎要转动起来。从第三句开始完全描述梦境。在梦中词人听到了天帝对她的殷勤询问，由此引出下片的回答。

下片是词人对天帝的回答。“我报路长嗟日暮”的“报”字与上片的“问”字，是很明显的一问一答。“路长嗟日暮”化用屈原《离骚》中“路漫漫其修远兮”和“日忽忽其将暮”。本句与“学诗谩有惊人句”相连，是词人在倾诉自己空有才华却遭逢不幸、奋力挣扎的苦闷。但是词人没有放弃努力，提出了自己的美好期望——“九万里风鹏正举”，借用《庄子·逍遥游》中描写大鹏“抟扶摇而上者九万里”的句子，表达了对大鹏的无限钦仰之情。“风休住，蓬舟吹取三山去”照应上片，揭示了“向何处”的答案：希望驾一叶扁舟，借鹏抟九天的风力，驶向理想中的仙境。下片这几句展现出罕见的壮阔气势和高远境界，具有典型的豪放风格。

总体看，这首词的最大特点是大胆而又丰富的想象。词中既有李白的放浪恣肆，又具有杜甫的沉郁顿挫，二者巧妙地结合在一起，使这首《渔家傲》成为独具特色的词篇。

【诵读指导】

这首词中，凡七言句至少在第四字后略有停顿，即“××××/×××”。这首词要读出气势，注意对语音长短和语调高低的控制。

天接云涛连晓雾，星河欲转千帆舞	豪迈，表现壮阔景象，“千帆舞”可略拖长
仿佛梦魂归帝所，闻天语，殷勤问我归何处	略轻
我报路长嗟日暮，学诗谩有惊人句	叹息；“嗟”“谩”略重
九万里风鹏正举，风休住，蓬舟吹取三山去	“九万里”一句语调升高；“风”略拖长，“三山去”略重，表现出对理想境界的向往

20. 苔[1] 二 首

袁 枚

其一

白日不到处，青春恰自来。

苔花如米小，亦[2]学牡丹开。

其二

各有心情在，随渠[3]爱暖凉。

青苔问红叶，何物是斜阳。

【作者与创作背景】

袁枚（1716—1797），清代诗人、散文家、诗论家，“性灵说”创作理论的提倡者，字子才，号简斋，晚年自号仓山居士、随园老人，世称随园先生，钱塘（今浙江杭州）人，著有《小仓山房文集》《随园诗话》等。乾隆四年（1739）中进士，历任溧水、江宁等县知县，率性正直，勤勉为政，关心民生，颇有政绩贤名，深受百姓拥戴。但仕途不顺，在官场受到排挤，三十多岁时辞官隐居于江宁（今南京市）小仓山随园，读书写作、侍花弄草、练拳舞剑、游山玩水，自在而舒适，这两首《苔》应是其隐居随园时所作。

袁枚在清代文坛的地位很高，文笔与大学士纪昀（字晓岚）齐名，时称“南袁北纪”。他也是清代中期最负盛名、最有影响的诗人，居“乾隆三大家”（袁枚、赵翼、蒋士铨）之首。其论诗主张抒写性灵即性情，认为诗贵自然，强调创新，为清代诗坛带来一股清新的风气。其诗作有4 000余首，往往随性而发，主要抒写性灵，表现个人生活际遇中的真实感受、情趣等，明白晓畅，清新灵巧，风格独特，颇有成就。

---

① 〔苔〕苔藓，低级植物，多寄生于阴暗潮湿之处。

② 〔亦〕一作“也”。

③ 〔渠〕他。

【参考译文】

其一

在和煦的阳光照射不到的潮湿之地，苔藓仍然努力依靠自己旺盛的生命力焕发出青翠的春意来。尽管苔藓开出的花朵就像米粒一般微小，也依旧努力地像国色天香而又艳丽高贵的牡丹花那样尽情地盛开。

其二

火一样的红叶和不起眼的青苔各有各的心思和情怀，管它们是喜欢暖和或是阴凉呢。绿色的苔藓问那鲜艳的红叶：什么东西叫斜阳？

【赏析】

袁枚不愿在官场上争名逐利，选择辞官隐居，悠闲自在地生活，其诗作在内容和形式上都有创新，为清代诗歌开创了新局面。这两首小诗可谓是异曲同工的励志之作，都在极其简约平淡的勾画中，蕴含着对自然界中生命多样性的欣赏和赞美，充分体现了他主张的性灵说。

宋代诗人叶绍翁的《游园不值》“应怜屐齿印苍苔，小叩柴扉久不开”和唐代诗人刘禹锡的《再游玄都观》“百亩中庭半是苔，桃花净尽菜花开”及其《陋室铭》“苔痕上阶绿，草色入帘青”等诗句中所描写的苔，都是孤独、寂寞、备受冷落时的青苔。而袁枚的《苔（二首）》却另辟蹊径，立意新颖，角度独特。诗人将苔作为主角，并且是像牡丹花一样灿烂绽放或是在鲜艳的红叶面前绝不妄自菲薄的阳光自信的青春主角，借顽强渺小的苔藓赞美了普通而努力的生命，激励身处逆境、默默无闻的人们：哪怕再普通渺小的生命，只要努力绽放，依然会有灿烂的青春，创造出富有价值和意义的人生。

《苔（其一)》直率自然、清新灵巧，借苔说理、借苔抒情是这首诗的一大特色。第一句、第二两句写出了“苔”生命力旺盛、从容自信、积极进取，第三句、第四句则运用比喻和拟人的修辞方法，借写苔花虽然悄然开放于阴暗潮湿的低处，既不起眼，更无人喝彩，却毫不自惭形秽，依然充满自信，努力绽放自己的个性，毫无保留地展现自己的青春风采。全诗短小精悍，朴实无华，却充满力量，十分励志，读来令人振奋：“天行健，君子以自强不息”，生若为苔，哪怕只能卑微地处于红尘最低处，生活在阳光照射不到的地方，只要我们鼓起勇气，永不言弃，笑看风雨，就一定能淬炼成钢，把苦难的日子过成诗，最终迎来自己的高光时刻。

《苔（其二)》则全诗运用拟人的修辞手法，将青苔和红叶、人与自然紧密地联系在一起，富有灵性，既充满哲理又富有情趣。第一句、第二句借青苔、红叶各有所好、各有心情，暗喻不同的人、每一种生命，都有自己独特的个性和心情，有的喜爱温暖的环境，有的喜欢阴凉的环境，一个“随”字道出了诗人对万物不同选择的尊重和肯定：苔藓因为生长在潮湿阴暗处，几乎看不到阳光，领略不到斜阳之美，但它也有自己的活法，有自己的喜好，阳光对于它来说未必是它所要追求的，也许只是一份好奇而已。第三句、第四句“青苔问红叶，何物是斜阳”描写身处潮湿阴冷之低处的青苔不知道斜阳是什么，于是向生长在阳光普照之高处的红叶好奇地发问，生动活泼，情趣盎然。全诗表达了诗人对于苔藓这个自强不息的小小生命的尊敬，表现出一种“我的事情我做主，我的人生我做主”的乐观豁达情怀，告诉我们：每个人都有选择自己人生道路的权利和自由，身处逆境时，不必羡慕他人，不必和别人比，认真做好自己，踏踏实实地过好自己的人生，也一样美！

【诵读指导】

这两首诗借物抒情，运用比喻、拟人的修辞手法，清新灵动，富有情趣，非常励志。朗读时应轻松舒缓，满怀对青苔的喜爱和赞誉。诗中每句的基本节拍为“××/×××”，《苔（其一）》中“青春恰自来”“也学牡丹开”两句语调可升高，以突出对苔藓积极进取、努力绽放的欣赏和赞美。《苔（其二）》中“各有心情在”可重读，强调万物各有其个性和心情，“青苔问红叶”读得轻快些，“何物是斜阳”语调上扬并拖长，表现出青苔随遇而安的恬静、可爱与随性。

21. 狱中题壁

谭嗣同

望门投止①思张俭②，忍死③须臾④待杜根⑤。

我自横刀⑥向天笑，去留⑦肝胆两昆仑⑧。

【作者与创作背景】

谭嗣同（1865—1898），字复生，号壮飞，湖南浏阳人，近代政治家、思想家、诗人，著名维新派人物，与林旭、杨深秀、刘光第、杨锐、康广仁五人合称为“戊戌六君子”。其诗多反映时代现实，抒写远大抱负，表现爱国激情。这首诗是诗人在清光绪二十四年（1898）八月因戊戌变法失败而被捕，在狱中墙壁上题写的一首气壮山河的绝笔诗。

【参考译文】

如果出奔逃亡，希望他们会像张俭那样得到人们的保护；如果短时间内忍死而活，就要等待像杜根一样重返朝廷而实现理想的时机。

我迎着高悬的屠刀仰天大笑，不管是外出避难，还是留下身殉理想，都是赤胆忠心，就像顶天立地的巍巍昆仑。

---

① 〔望门投止〕走上门去求人留宿。止，一作“宿”，住宿的意思。

② 〔张俭〕字元节，东汉末高平人，曾为东部督邮，弹劾残害百姓的侯览。侯怀恨在心，反诬他结党营私，逼得他只得逃亡。人们敬仰他的人品，都冒着风险接待他。

③ 〔忍死〕装死。

④ 〔须臾（yú）〕不长的时间。

⑤ 〔杜根〕东汉安帝时任郎中。邓太后临朝执政，外戚弄权，杜根上书请太后归政于皇帝，结果触怒太后，太后命人将杜根装入麻袋摔死，执法官示意施刑人手下留情，载出城外待其苏醒。太后派人检视，杜根装死三日，目中生蛆。后邓太后被诛，杜根复官侍御史。

⑥ 〔横刀〕指横放在脖子上的刀。

⑦ 〔去留〕“去”指康有为、梁启超政变前夕潜逃避难；“留”指自己拒绝出奔，甘愿留下一死。

⑧ 〔昆仑〕昆仑山，这里以此借喻去留二者都肝胆相照，同昆仑山一样巍峨高大。

【赏析】

前两句，诗人用东汉两位被迫害的政治家张俭和杜根的故事，表达对外出避祸的同仁的希望，非常恰当。用张俭的典故，还表明改革维新有广大百姓的同情与支持；用杜根的典故，也是以邓太后和汉安帝比照慈禧与光绪。后两句是千古传诵的名句，气势宏阔，悲壮坚定，以昆仑山作比喻，感情饱满，笔力千钧，读起来感人至深。全诗格调高峻，大义凛然，悲壮慷慨，表现了诗人崇高的英雄气概和爱国主义精神。

【诵读指导】

这首诗每句的基本节拍为“××××/×××”。全诗的感情基调是慷慨豪迈的，诵读时应在此基础上注意根据诗歌感情的变化调整语速和语气。

望门投止思张俭 忍死须臾待杜根	平缓，坚定；“思”“待”略重读，语音延长
我自横刀向天笑	慷慨激昂。“我自横刀”略快，“刀”字后延长语音；“向天笑”一字一顿，重读，语速放慢
去留肝胆两昆仑	高亢；“去留肝胆”语速略快，“胆”字后延长语音；“两昆仑”一字一顿，重读，语速略慢

第三单元

流 连 风 物

- 春江花月夜
- 戏题盘石
- 早春呈水部张十八员外二首 （其一）
- 问刘十九
- 酬曹侍御过象县见寄
- 长安秋望
- 村行
- 山园小梅
- 玉楼春
- 采桑子

22. 春江花月夜①

张若虚

春江潮水连海平，海上明月共潮生。

滟滟②随波千万里，何处春江无月明！

江流宛转绕芳甸③，月照花林皆似霰④。

空里流霜不觉飞，汀上白沙看不见。

江天一色无纤尘，皎皎空中孤月轮。

江畔何人初见月，江月何年初照人？

人生代代无穷已，江月年年只相似。

不知江月待何人，但见长江送流水。

白云一片去悠悠，青枫浦⑤上不胜愁。

谁家今夜扁舟子⑥？何处相思明月楼⑦？

---

① ［春江花月夜］乐府《清商曲辞·吴声歌曲》旧题。
② ［滟滟（yànyàn）］波光荡漾的样子。
③ ［芳甸（diàn）］长满花草的原野。
④ ［霰（xiàn）］雪珠。
⑤ ［青枫浦］地名，这里泛指送人远行的离别之处。浦，水边。
⑥ ［扁（piān）舟子］飘荡江湖的旅人。扁舟，小舟。
⑦ ［明月楼］思妇的闺楼。

可怜楼上月徘徊①，应照离人妆镜台。

玉户帘中卷不去，捣衣砧上拂还来②。

此时相望不相闻，愿逐月华流照君。

鸿雁长飞光不度③，鱼龙潜跃水成文④。

昨夜闲潭⑤梦落花，可怜春半不还家。

江水流春去欲尽，江潭落月复西斜。

斜月沉沉藏海雾，碣石⑥潇湘⑦无限路。

不知乘月几人归，落月摇情满江树。

【作者与创作背景】

张若虚，扬州人，唐代诗人。唐中宗神龙年间，以“文词俊秀”而“名扬于上京”，与贺知章、张旭、包融并称“吴中四士”。《全唐诗》存诗仅两首，其中《春江花月夜》是一首脍炙人口的名作，奠定了他在唐诗史上的地位。

【参考译文】

春天的江潮水势浩荡，与大海连成一片，一轮明月从海上升起，好像与潮水一起涌出来。

---

① 〔可怜楼上月徘徊〕可怜楼上的月影不停移动。本句与上一句都是化用曹植《七哀》诗：“明月照高楼，流光正徘徊。上有愁思妇，悲叹有余哀。”徘徊，月影移动。

② 〔玉户帘中卷不去，捣衣砧（zhēn）上拂还来〕卷不去，拂还来，意即月光带着离愁渗进思妇的心头，无法排遣。

③ 〔鸿雁长飞光不度〕鸿雁不停地飞翔，却飞不出无边的月光。度，过。

④ 〔鱼龙潜跃水成文〕水底的鱼儿和龙因为月光的照射而活动起来，水面形成波纹。

⑤ 〔闲潭〕幽静的潭水。

⑥ 〔碣（jié）石〕山名，原在今河北乐亭县西南，后沉入海。这里指北方。

⑦ 〔潇湘〕水名，湘江的别称。这里指南方。

月光照耀着春江，千万里波光荡漾，所有地方的春江都有明亮的月光。

江水曲曲折折地绕着花草丛生的原野流淌，月光照射着开满鲜花的树林，好像细密的冰粒在闪烁。

月色如霜，所以霜飞无从觉察。洲上的白沙和月色融合在一起，看不分明。

江水、天空成一色，没有一点微小灰尘，天空中只有一轮明亮的孤月高悬。

江边上什么人最先看见月亮，江上的月亮哪一年开始照耀人间？

一代代的人更替无尽，只有江上的月亮一年年总是相像。

不知江上的月亮等待着什么人，只见长江流水从无断绝。

游子像一片白云缓缓地离去，只剩下思妇站在离别的青枫浦上不胜忧愁。

哪家的游子今晚坐着小船在漂流？什么地方有人在明月照耀的楼上相思？

可怜楼上的月影不停移动，月光应该一直照亮思妇的梳妆台。

月光照进思妇的门帘，卷不走；月光照在她的捣衣砧上，拂不掉。

这时共同望着月亮可是无法相知，希望随着月光流去照耀着远方的丈夫。

鸿雁不停地飞翔，却飞不出无边的月光；鱼儿在水中跳跃出入，激起阵阵波纹，却无法完全离开江水。

昨天夜里梦见花落闲潭，可惜的是春天过了一半游子还不能回家。

春光随着江水流逝已将尽，水潭上的月亮又要西落。

斜月慢慢下沉，藏在海雾里。碣石与潇湘天各一方，道路无限遥远。

不知有几人能趁着月光回家，唯有那西落的月亮摇荡着离情，洒满了江边的树林。

【赏析】

这首诗可分为三个部分：头十句破题，描写春江花月夜的壮丽景观；“江畔”以下六句抒发诗人的人生感慨和对宇宙自然奥秘的思索；“白云”句以下则写思妇和游子的两地思念之情。全诗以明月为线索，从月生写到月落，从黄昏写到清晨，首尾也皆以明月相呼应。全诗三个部分自然过渡，给人一气呵成之感。这首诗的韵律节奏也与全诗的内容情调非常协调，全诗四句一韵，共九韵，每一韵形成一个自然段落，标志着诗人想象的进程。韵律的灵活婉转，结构的新鲜活泼，语言的清丽自然，思绪的跳跃自如，把诗情、画意、哲理融为一体，在幽深邈远的意境中创造出一个奇丽空灵的艺术世界。这首诗被闻一多先生誉为“诗中的诗，顶峰上的顶峰”。

【诵读指导】

诵读这首诗时，首先要读准字音，其次要注意按照“××××/×××”的节奏读每一句，最后要注意读出轻重的不同。

第九句至第十六句，这是本诗朗读的难点，其中“何人”“何年”应为重音，要读出诗人的苦苦追问与思索。这两问表现了诗人对宇宙奥秘的深思遐想。

诵读时要注意感受诗人因眼前之景引发的情感变化，通过想象品味那一幅幅美景，体悟本诗的意境。全诗从月之初上时的迷离、美妙（高亢），到月光下诗人的遐思冥想（平缓），到楼上思妇的愁情（低徊），再到游子的梦回故乡（哀怨），最后是梦醒后的更加孤寂（悠长），声情要与文情和谐统一，宛转优美。

诗句	诵读提示
春江潮水连海平，海上明月共潮生	语调较高，“初照人”渐低；“何人”“何年”重读
滟滟随波千万里，何处春江无月明	
江流宛转绕芳甸，月照花林皆似霰	
空里流霜不觉飞，汀上白沙看不见	
江天一色无纤尘，皎皎空中孤月轮	
江畔何人初见月，江月何年初照人	
人生代代无穷已，江月年年只相似	语调平缓
不知江月待何人，但见长江送流水	
白云一片去悠悠，青枫浦上不胜愁	语调低徊
谁家今夜扁舟子？何处相思明月楼	
可怜楼上月徘徊，应照离人妆镜台	
玉户帘中卷不去，捣衣砧上拂还来	
此时相望不相闻，愿逐月华流照君	语调较高，“不还家”渐低；“不还家”中的“不”略重读
鸿雁长飞光不度，鱼龙潜跃水成文	
昨夜闲潭梦落花，可怜春半不还家	
江水流春去欲尽，江潭落月复西斜	
斜月沉沉藏海雾，碣石潇湘无限路	语速较慢；“无限”略重读
不知乘月几人归，落月摇情满江树	

23. 戏题盘石

王 维

可怜①盘石②临③泉水，复有垂杨拂④酒杯。

若道春风不解意⑤，何因⑥吹送落花来？

【作者与创作背景】

盛唐时期形成的以王维、孟浩然为代表的诗歌流派，被称为田园诗派，也称“王孟诗派”。

王维（约701—761），字摩诘，号摩诘居士，祖籍太原府祁县（今山西祁县东南），后随父徙家蒲州（今山西永济西），唐代诗人、画家。王维才华早显、心怀大志，然而政局动荡、命途多舛，在安史之乱中被迫接受伪职而遭遇祸难，虽然最终免于死罪，意志却消沉下来，笃信佛教。因此，他参禅悟理，学庄信道。他的诗常含禅意，世人称之为“诗佛”。王维扩大了山水诗的内容，以画入诗，具有音乐美，其成就达到前所未有的高度，对后世诗歌产生了深远的影响。苏轼评价说：“味摩诘之诗，诗中有画；观摩诘之画，画中有诗。”

王维的大多数诗都是山水田园诗，晚年隐居于辋川别墅，写了大量山水田园诗，充满着牧歌情调，表现出他清静无为、陶醉于山水的心境和情趣。正如他在《酬张少府》一诗开头所写：“晚年惟好静，万事不关心。自顾无长策，空知返旧林。”《戏题盘石》应该是他后期的作品，其具体创作年份尚无确证。

【参考译文】

清澈的泉水依傍着盘石缓缓流淌，又有柔曼青翠的垂杨随风轻拂亲昵着我手中的酒

① 〔可怜〕可爱。
② 〔盘石〕即磐石，扁平的磨盘状的大岩石。
③ 〔临〕一作“邻”。
④ 〔拂〕一作“梢”。
⑤ 〔解意〕领会心意。
⑥ 〔何因〕什么原因，为什么，一作“因何”。

杯，这是多么可爱的画面啊。若要说春风不解人意的话，它又为什么要吹落花儿送到我身边呢？

【赏析】

诗题《戏题盘石》中“戏题”二字的意思是这首诗是写着玩的，表现出诗人的怡然自得、恬静闲适的心情。诗中意象唯美丰富，岩石、泉水、垂杨、春风、落花，动静结合，色彩和谐，极具画面感，洋溢着诗人陶醉于山间美景的独得意趣，正可谓是“诗中有画”。

全诗描写诗人在柳拂花落的春日里临泉畅饮的情景。首句“可怜”二字立即流露出诗人对眼前盘石临泉、垂杨拂杯之美景的喜爱，“盘石”点题。第二句运用拟人的修辞方法，赋予岩石与垂杨以浓厚的感情色彩，承“盘石”之景描写诗人悠闲静坐于石上，临水举杯独酌，石畔垂杨轻拂酒杯，好像想要与诗人亲近，又好像想要为诗人助兴，营造出物我同一、人与自然和谐相生的美好意境。这两句动静合宜、情景交融，自然美景与作者的情感浑然一体。最后两句则运用反问、拟人的修辞方法，诗人视春风为好友，与之倾心交流：春风你若是不懂得我的心意，又为什么要吹落花儿为我独酌尽兴呢？

落花流水往往引起人们伤春的情思，人们常常会抱怨春风无情地吹落春花，带走了春天，诗人却说春风有解人恋春之意，有意送来落花，为自己留住美好春光，这使得全诗在富有诗情画意的同时，又有了一种新颖独特的理趣，不管是春风解意、岩石可爱，还是空山寂无人、水流花自开，都各随其宜、各尽妙境，流露出诗人流连忘情于美好山水之间的豁达惬意，体现了诗人超凡脱俗的淡泊从容，这是一种随遇而安而又积极乐观的心态。

总之，这首诗不仅内容丰富，极具画面感，描绘出一幅依石临水、拂柳飞花、美丽幽静的自然山水图，而且用拟人、反问等修辞方法赋予春风、落花以人的盎然情趣，灵动飘逸而又充满禅意，读来韵味深长，令人十分向往，也带给人们美好的艺术享受。

【诵读指导】

这首诗的色彩和意象都很丰富灵动，语言清新明丽，句式和节奏生动活泼，情趣盎然，整体基调为轻松闲适、从容平缓。诗中每句的基本节拍为“××/××/×××”。

可怜/盘石/临泉水	“可怜”语气轻快，“临泉水”语速稍缓，读出对眼前盘石临泉、垂柳拂杯的喜爱之情
复有/垂柳/拂酒杯	“复有”重读，“拂酒杯”轻缓、拖长，突出物我合一、陶醉于自然山水之间的悠闲自得
若道/春风/不解意	平缓，“不”加重语气
何因/吹送/落花来	反问句，语气强烈，“落花来”语调升高、拖长，突出春风的善解人意

24. 早春呈水部张十八员外[1]二首（其一）

韩 愈

天街[2]小雨润如酥[3]，草色遥看近却无。

最是一年春好处，绝胜烟柳满皇都[4]。

【作者与创作背景】

韩愈（768—824），字退之，河南河阳（今河南省孟州市）人，自称“郡望昌黎”，世称“韩昌黎”“昌黎先生”，唐代杰出的文学家、思想家、教育家，唐代古文运动的倡导者，被后人尊为唐宋八大家之首，与柳宗元并称“韩柳”。他也是中唐诗坛上勇于独创、别开生面的诗人，致力于诗歌的创新，将新的语言风格、章法技巧引入诗坛，扩大了诗的领域。他有大量杰出的诗作，与诗人孟郊成为中唐著名的“韩孟诗派”的领袖，提携后进，掀起了颇有影响的新诗潮。著有《韩昌黎集》四十卷、《外集》十卷、《师说》等。

这首七言绝句作于公元823年，韩愈时年56岁，刚刚协助平息了一场叛乱，皇帝调他为吏部侍郎，他在文坛早已声名大振，这是他最惬意的时候。这是一首写给水部员外郎张籍的描写和赞美早春美景的七言绝句，诗风清新自然，看似平淡，实则是绝不平淡的。

【译文】

长安街上细密的春雨润滑如酥，远远望过去草色依稀连成一片，走近看时却显得稀疏零星。这早春的景色是一年之中最美的，远远胜过帝都城里绿柳如烟的春末。

---

① ［呈水部张十八员外］呈，恭敬地送给；水部张十八员外，指唐代诗人张籍（766—830），张籍在兄弟辈中排行十八，故称“张十八”，曾任水部员外郎。

② ［天街］京城街道。

③ ［润如酥］细腻润滑如酥。酥，指动物的油脂，这里形容春雨的细腻。

④ ［绝胜烟柳满皇都］绝胜，远远胜过；烟柳，烟雾笼罩的柳林，亦泛指柳林、柳树；皇都，帝都，这里指长安。

【赏析】

这首诗用几近于口语化的诗的语言描绘出极难描摹的素淡、似有却无的色彩，寥寥几笔，十分传神。

首句准确地捕捉到了初春小雨的特点，以“润如酥”来形容其细滑润泽，清新优美，与杜甫的“好雨知时节，当春乃发生。随风潜入夜，润物细无声”有异曲同工之妙。

第二句“草色遥看近却无”是全首的绝妙佳句，是诗人对早春二月的细腻感受和真切描摹：早春二月，一场淅淅沥沥的小雨之后，嫩绿青翠的草芽儿便悄悄地钻出来了，远远地望去，星星点点、朦朦胧胧、隐隐约约地泛出一抹极淡极淡的青青之色，看着它，心里顿时充满欣喜和爱意。可当诗人带着无限的喜悦之情走近时，却发现地上是稀稀落落、矮小纤细的草芽，却反而看不出草的颜色了。诗人用极为锐利精微的观察力和细腻高超的诗笔，描摹出一幅如水墨画一般的早春美景，突出了春草的柔嫩清新、似有若无。

接着，用“最是一年春好处”表达了对这素淡清新、象征着大地回春、万象更新、欣欣向荣的早春美景的喜爱之情。

而诗末，“绝胜烟柳满皇都”一句，诗人运用对比，强调初春草色远远地胜过满城皆烟柳的春景，突出早春优胜于晚春，独出心裁，对早春的喜爱之情溢于言表。

全诗语言简洁朴实，构思新颖，通过对“天街”“小雨”“草色”“烟柳”“皇都”等意象的细腻刻画，描绘了早春湿润舒适、清新独特的美景，营造出亲切自然、恬淡高远的意境。

【诵读指导】

这首诗的诗风自然，节奏明快，充满了诗人对早春美景的赞美和热爱之情。因此，诵读时应饱含喜悦。全诗每句的基本节拍为“× ×/× ×/× × ×”，语速中等，语气轻快，“润”“却”“最”“胜”字重读，尾音可设拖调，体现诗人对早春的赞美与热爱。

25. 问刘十九①

白居易

绿蚁新醅酒②，红泥小火炉。

晚来天欲雪，能饮一杯无？

【作者与创作背景】

白居易（772—846），字乐天，号香山居士，生于河南新郑，唐代伟大的现实主义诗人，与李白、杜甫并称为“唐代三大诗人”，与元稹共同倡导新乐府运动，世称“元白”，与刘禹锡并称“刘白”。白居易的诗歌题材广泛，形式多样，语言平易通俗。有《白氏长庆集》传世，代表诗作有《长恨歌》《卖炭翁》《琵琶行》等。

《问刘十九》这首五言绝句是白居易晚年隐居洛阳时所作。这是一首邀请朋友刘十九前来共饮新酒的劝酒诗，言浅情深，言短味长，最能反映白居易晚年隐居洛阳时怡然自得的生活。

【参考译文】

新酿的泛着微绿的米酒散发着淡淡清香，红泥小火炉正烧得通红。刘十九啊，我想问一问你：天色将晚要飘雪了，能不能前来寒舍和我共饮一杯暖酒呢？

【赏析】

白居易善于在生活中发现诗情，用心提炼生活中的诗意，用明白洗练、平实浅近的诗句描写雅致惬意的日常生活和真挚温暖的美好友情，极具生活情调。

第一句、第二句“绿蚁新醅酒，红泥小火炉”中，“绿蚁”“红泥”对仗十分工整，一个“绿”字让黯淡的暮色变得鲜活，一个“红”字使寒冷的傍晚变得温暖，再加上一

① 〔刘十九〕白居易被贬谪到江州（今江西九江）时的朋友，是唐代著名诗人刘禹锡的堂兄刘禹铜，当时洛阳城里的富商，与白居易常有来往。

② 〔绿蚁新醅（pēi）酒〕绿蚁，即浮在新酿的没有过滤的米酒上的绿色泡沫。新酿的酒尚未滤清时，酒面浮起酒渣，色泽微绿，细腻如蚁，称为“绿蚁”。醅，未过滤的酒。

个“火”字，更是让温暖的情意穿透雪天寒夜，直抵刘十九的内心。天晚欲下雪，本来很容易令人感到孤寂伤感，诗人描写的围炉对饮之深情厚谊却使全诗毫无寂寥凄清之感，处处洋溢着温暖活泼的浓浓真情。

有趣的是，诗的后两句，诗人不是问刘十九能不能来，再准备新醅酒，而是已经准备好了新酒，再问刘十九能不能来。出于对好朋友的了解，他知道刘十九一定会来陪他喝酒。于是，雪天寒夜不再让人孤寂，相反，却让屋里的火炉变得更加温暖。这样的绿酒红炉，这样的呼之即来的好朋友，这样雅致美好的真挚友情，读来令人十分感动，又十分艳羡。

这首诗的佳妙之处，还在于结句“能饮一杯无”中“一杯”二字。雅士相逢，随意取饮，任意清谈，让白居易与刘十九的友情显得雅致而不放纵。这一问，充满真情，又极富诱惑力。绿蚁之新酒、红泥之火炉、欲雪之寒夜、真诚之友情、共饮之渴望，对刘十九而言，这一切应当是令其神往心醉的；这一问，千载之下，令人如闻其声，如见其人，如临其境，给人留下无尽的想象空间。可以想象，刘十九接到白居易的热情邀请后，一定会欣然前往，窗外寒夜飘雪，室内围炉对饮，此情此景，该是多么的温馨又多么的感人啊。

全诗用如同叙家常一般的语气，朴素亲切的语言，精心选择“绿蚁”“红炉”“暮雪”三个色彩搭配得十分和谐而又美好的意象，通过描写冬夜围炉煮酒、呼朋引伴、充满情趣的生活场景，表达了对与好友把酒欢饮的渴望，体现了朋友间诚恳亲密的关系，可谓是有声有色、有形有态、有情有义。傍晚欲雪，寒意彻骨，反衬出火炉的炽热、友情的珍贵和生活的悠闲。

全诗简练含蓄，轻松明快，气氛热烈，似信手拈来，毫无雕琢，却洋溢着无比温馨、令人感动的生活气息，如同冬夜里我们煮个火锅，温点小酒，两三好友，大快朵颐，岂非快哉。

【诵读指导】

这首诗短小精悍，十分温馨，字里行间洋溢着热烈欢快的色调和真挚炽热的情谊，表现了温暖如春的诗情。诵读这首诗，语调要洒脱轻快。诗中每句的基本节拍为“××/×××”，末句“能饮一杯无”语调上扬，尾音拖长，流露出与好友对饮、互诉衷肠的渴望。

26. 酬[①]曹侍御过象县见寄

柳宗元

破额山[②]前碧玉[③]流，骚人[④]遥驻木兰[⑤]舟。

春风无限潇湘意[⑥]，欲采苹花[⑦]不自由。

【作者与创作背景】

柳宗元（773—819），字子厚，唐代河东（今山西运城）人，唐宋八大家之一。其诗、文成就都很杰出，有《永州八记》等600多篇诗文。柳宗元积极参与王叔文集团政治革新，革新失败后曾遭贬斥。

曹侍御，不详（唐人称殿中侍御史及监察御史皆为侍御），应当是柳宗元在京城当官的旧友。曹侍御乘船路过象县（今广西象州），距离柳宗元离京后为官的柳州（今广西柳州）应该不是很远，但二人只能以诗相互赠酬交流情谊，其中必有难言之隐。

【参考译文】

美玉一般碧绿的江水流淌在破额山前。我的诗人朋友啊，你远远地伫立在木兰船头。

读你的赠诗犹如春风拂面，引起了我无限的深情思念。我多想采束苹花送给你啊，却因处境险恶不得自由。

---

① ［酬］接受别人寄赠作品后，以作品答谢之。
② ［破额山］在柳州州界上。
③ ［碧玉］形容水色澄明深湛，如碧玉之色。
④ ［骚人］一般指文人墨客。此指曹侍御。
⑤ ［木兰］落叶乔木，古人以之为美木，文人常在文学作品中比喻美好的人或事物。这里称朋友所乘之船为木兰舟，是赞美之意。
⑥ ［潇湘意］潇湘湖南境内二水名。柳宗元《愚溪诗序》云："余以愚触罪，谪潇水上。""潇湘意"应该说既有怀友之意，也有迁谪之意。
⑦ ［苹花］即苹草所开的花。苹草是多年水生蕨类植物。

【赏析】

这首诗言简意深，蕴含丰富，向来被推为唐人七绝精品。

诗中通过怀念友人而又不能相见引起的深深遗憾，曲折地表现出诗人渴望自由但又得不到自由的内心矛盾。诗人称曹侍御为“骚人”，并且用“碧玉流”“木兰舟”这样美好的环境来烘托他。环境如此优美，“骚人”本可以一边赶路，一边看山看水，悦性怡情，此时却“遥驻”木兰舟于“碧玉流”之上，怀念起被贬谪柳州的作者来，“遥驻”而不能过访，望“碧玉流”而兴叹，只有作诗代柬，表达无限深情。

“春风无限潇湘意”一句，的确会使读者感到“无限意”，但究竟是什么“意”，却迷离朦胧，说不具体。这正是一部分优美的小诗所常有的艺术特点。如果细品全诗，其主要之点，还是可以说清的。“潇湘”一带，乃是屈子行吟之地。诗人把曹侍御称为“骚人”，把“潇湘”和“骚人”联系起来，那“无限意”就有了着落。此其一。更重要的是，结句中的“欲采苹花”，是汲取了南朝柳恽《江南曲》的诗意：“汀洲采白苹，日暖江南春。洞庭有归客，潇湘逢故人。”由此可见，“春风无限潇湘意”，有怀念故人之意。此其二。而这两点，又像水和乳那样融合在一起。

这首诗语言简练，写景如画。诗人用“碧玉”作“流”的定语，十分新颖，不仅准确地表现出柳江的色调和质感，而且连那微波不兴、一平似镜的江面也展现在读者面前。这和下面的“遥驻”“春风”十分协调，自有一种艺术的和谐美。

从全篇看，特别是从结句看，这首诗的主要特点是比兴并用，虚实相生，能够唤起读者的许多联想。但结合作者被贬谪的原因、经过和被贬以后继续遭受诽谤、打击，它有言外之意，就不难理解了。

【诵读指导】

这首诗的节拍统一，每句都是“××××/×××”。诵读时，要把握前后各两句之间语气和语速的区别。

破额山前碧玉流	愉悦，稍快，柔和舒缓
骚人遥驻木兰舟	
春风无限潇湘意	略深沉，表现对朋友的思念和对“不自由”的感叹
欲采苹花不自由	

27. 长安秋望[①]

杜 牧

楼倚霜树②外，镜天③无一毫④。

南山⑤与秋色，气势两相高。

【作者与创作背景】

杜牧（803—852），字牧之，号樊川居士，世称“杜樊川”，京兆万年（今陕西西安）人，宰相杜佑之孙。杜牧有以天下为己任的想法，写下了“平生五色线，愿补舜衣裳”的诗句。他博通经史，年轻时作《阿房宫赋》，慷慨激昂，名噪一时。25 岁中进士，因秉性刚直，不屑逢迎权贵，长期受排挤，在江西、宣歙、淮南诸使幕作幕僚，生活很不得意。35 岁时内迁为京官，因受宰相李德裕排挤，出为黄州、池州等地刺史，后内调为司勋员外郎，官终中书舍人。晚年居长安南樊川别墅，故后世称“杜樊川”，闲暇时经常在这里以文会友，49 岁病逝。有《樊川文集》。

杜牧诗、赋、古文皆佳，最脍炙人口的诗作是咏史。他的咏史诗，咏史是表，其里为讽今，充满着幽默与调侃，饱含借古鉴今之意，有较为明显的史论特色。杜牧因其文学上的突出成就，人称其“小杜”，以别于“老杜”杜甫，他与晚唐著名诗人李商隐并称“小李杜”。

【参考译文】

高楼倚立在经霜的树枝外，天空澄清如镜没有一丝云彩。挺拔的终南山与高远的秋色，气势互不相让争高低。

【赏析】

杜牧的一生和长安城有着千丝万缕的关系。他生于长安，长于长安，去世于长安，

① ［秋望］在秋天远望。
② ［楼倚霜树］倚，倚立、倚靠；霜树，深秋时经风沐霜的树木。
③ ［镜天］像镜子一样明丽澄净的天空。
④ ［毫］细小的东西。
⑤ ［南山］指终南山，在今陕西西安南。

这种密切联系在唐代诗人中是很少有的。长安，是杜牧的故乡，也是他的归乡。正因为如此，杜牧有很多诗专门描写长安的名胜、景色，表达他对长安的深厚感情，《长安秋望》便是如此。

这是一首赞美远望中长安秋色的五言绝句，描写诗人秋日登上高楼远望长安，遥看终南山，描写长安周边秋高气爽的景色，诗人置身于高远秋色，感到心旷神怡、赏心悦目，抒发了高远绝俗的心境、明净开阔的胸怀。

首句“楼倚霜树外”点出诗人“秋望”的立足点，“倚”字突出诗人所登的高楼巍然屹立的姿态，秋天经霜后的树木落叶飘零，更加显得挺拔高耸；“外”，指楼阁高出霜树，可见诗人所站位置之高，可以充分领略长安深秋之美景。

第二句“镜天无一毫”描写远望的天空澄洁明丽，将天空喻为明镜，既突出其明净至极，又进一步表现了深秋天宇的高远寥廓。

后两句“南山与秋色，气势两相高”则描写远望中的终南山，用拟人的修辞方法，生动形象地将终南山和“秋色”相比，说远望中的南山那高峻入云的气势，像要和高远无际的秋色一比高低，赋予南山、秋色静态景物以动态感。深秋“高远”的特点往往很难形容，诗人巧妙地以具体有形的终南山衬托抽象虚泛的秋色，将“南山”和“秋色”等量齐观，独出机杼地衬托出秋色之浓重高远，生动准确地描绘出长安高远无际、澄净明丽的秋色，表现了诗人登高远望秋色神清气爽、高远澄净的心境，在跃动的气势中给读者留下了充分的想象空间。

咏秋的诗词多以悲秋居多，赞秋的极少。唐代现实主义诗人杜甫的七言律诗《登高》“万里悲秋常作客，百年多病独登台”抒发自己年老多病、登高秋望、悲秋伤己、忧国伤时之情，极尽沉郁顿挫之能事；北宋词人柳永的词《雨霖铃》“多情自古伤离别，更那堪冷落清秋节”，则以冷落凄凉的清秋为衬托，表达和情人难舍难分之情，抒发仕途失意和与恋人分别的痛苦。本诗与刘禹锡的《秋词》“自古逢秋悲寂寥，我言秋日胜春朝。晴空一鹤排云上，便引诗情到碧霄”一样，表达了诗人对秋天和秋色与众不同的感受，一反历代文人悲秋的传统，唱出了气势昂扬的秋之赞歌。

【诵读指导】

这首诗短小精炼，意境高远，气势雄浑。诵读这首诗，要体现出诗人登高鸟瞰长安秋色、远眺终南山时心旷神怡的感受和舒畅开阔的胸境。诗中每句的基本节拍为“××/×××”，末句“气势两相高”宜语调高昂，铿锵有力，饱含对深秋的赞赏之情。

28. 村　行①

王禹偁②

马穿山径菊初黄，信马③悠悠野兴④长。

万壑有声含晚籁⑤，数峰无语立斜阳。

棠梨叶落胭脂色，荞麦花开白雪香。

何事吟余忽惆怅？村桥原树⑥似吾乡。

【作者与创作背景】

王禹偁（954—1001），字元之，济州巨野（今山东巨野县）人，北宋诗人、散文家，历任右拾遗、左司谏、翰林学士等，为人忠直敢言，三次受到贬谪。他是北宋诗文革新运动的先驱，反对浮丽的文风，提倡文学韩愈、柳宗元，诗崇杜甫、白居易，其诗文多反映社会现实，风格清新淡雅。

宋太宗淳化二年（991），王禹偁得罪了宋太宗，贬官商州（今陕西商洛市）。他的许多艺术水平较高的诗都作于此时，《村行》便是这一时期的产物。

【参考译文】

我骑马随意穿行于山路间，路边的菊花已微黄，任由马儿自由地行走，我陶醉于山林美景，极富野趣，兴致悠长。

傍晚时分，山谷间到处回荡着大自然的声响，看数座山峰默默无语地伫立在斜阳里。

---

① 〔村行〕在村中穿行。
② 〔偁〕音 chēng。
③ 〔信马〕骑着马随意行走。
④ 〔野兴〕指陶醉于山林美景、怡然自得的乐趣。
⑤ 〔晚籁（lài）〕指秋声。籁，大自然的声响。
⑥ 〔原树〕原野上的树。

棠梨的落叶红得好像胭脂一样，盛开的荞麦花香气扑鼻，洁白如雪。

是什么事情使我在吟诗时忽然感到惆怅呢？原来这眼前山村的小桥、原野上的树木全都像极了我的家乡。

【赏析】

这首诗以村行为线索，动静相衬，远近结合，多方位、多角度地描绘了山野迷人的秋色，含蓄地抒发了诗人贬居商州时的思乡之情，是一首如画的秋景诗、宛转的思乡曲。

开头两句紧扣诗题，由动态写景：金菊绽放，马蹄声碎。“菊初黄”点明时令是早秋季节，“山径”点明地点是山间小路。诗人骑马信步穿行于山间小路，领略山野旖旎的风光，神态悠然，游兴甚浓。

第三句、第四句从听觉、视觉多角度写远处之景。先写万壑之中的晚籁之音，再用拟人化手法写无语立斜阳的山峰之静，“有声”与“无语”对比，动静结合，以动衬静，构思精妙，相映成趣，突出秋日山野之寂静。

第五句、第六句从视觉、嗅觉多角度写近处之景。运用比喻的修辞手法，“胭脂”与“白雪”对举，令红的更艳，白的更纯，鲜艳唯美至极。

最后两句情绪陡转，诗人乘兴而游，美景怡情，吟咏成诗，可是吟完诗句，一丝惆怅涌上心头，眼前的小桥流水、原野树林，很是眼熟，思乡之情蓦地涌上心头，这次村行的情绪也由悠然转为怅然。

这首诗的前六句体现了宋人“以画入诗”的特点，有声有色有味地描绘了一幅色彩斑斓、富有诗意的秋日山村晚晴图，表达了诗人对山村美景的喜爱。最后两句触景生情，抒发了贬官失意、漂泊异乡、思念家乡的愁绪。

【诵读指导】

这首诗每句的基本节拍为“××××/×××”。诵读这首诗要把握全诗的情感脉络。前六句的感情基调总体是闲适、洒脱的，语速适中。最后两句感情基调转为惆怅和伤感，语速渐慢。

29. 山园①小梅

林　逋②

众芳③摇落独暄妍④，占尽风情向小园。

疏影横斜⑤水清浅，暗香浮动⑥月黄昏。

霜禽⑦欲下先偷眼，粉蝶如知合⑧断魂。

幸有微吟可相狎⑨，不须檀板⑩共金尊⑪。

【作者与创作背景】

林逋（967—1028），字君复，钱塘（今浙江杭州）人。幼时刻苦好学，通晓经史百家，一生过的是隐逸生活。曾漫游江淮间，后隐居杭州西湖，结庐孤山，终身不仕，未娶妻室，与梅花、仙鹤做伴，称“梅妻鹤子”。死后，宋仁宗赐谥“和靖先生”。他的诗作风格淡远，长于五七言律，有《林和靖先生诗集》。

这首诗是林逋的代表作，突出了梅花特有的姿态美，赋予梅花以人的品格，以梅的高洁品性比喻自己孤高幽逸的生活情趣，诗人与梅花的关系达到了精神上的无间契合。

---

① ［山园］山间小园。
② ［逋］音 bū。
③ ［众芳］百花。
④ ［暄妍］明媚美丽。
⑤ ［疏影横斜］梅花疏疏落落，斜横枝干投在水中的影子。
⑥ ［暗香浮动］梅花散发的清幽香味在飘动。
⑦ ［霜禽］寒鸟。
⑧ ［合］应该。
⑨ ［狎（xiá）］亲近，狎玩。
⑩ ［檀板］演唱时用的檀木柏板。
⑪ ［尊］通“樽”，酒杯。

【参考译文】

百花凋零，唯有梅花迎着寒风傲然盛开，那明媚鲜丽的景色占尽了小园的风光。

稀疏的枝影横斜在清浅的水中，散发的清幽芳香浮动在黄昏的月色之间。

寒鸟想飞落下来时，先偷看梅花一眼；蝴蝶如果知道梅花的娇美一定会为之销魂神往。

庆幸我能低声吟诵，与梅花亲近，用不着俗人敲着檀板唱歌，执着金杯饮酒来凑趣。

【赏析】

开头二句描写梅花不畏严寒、笑立风中，“众”与“独”字形成对比，突出梅花的高洁美丽，在寒风中傲然绽放，占尽小园风光。

第三句、第四句将视觉和嗅觉相结合，从姿态和香气上完美地表现出梅花的淡雅和娴静。“疏影横斜”勾勒出梅之骨，写出了梅花的轻盈妩媚；“水清浅”显其澄澈，灵动温润。接着浓墨刻画出梅之韵，“暗香”写其无形而香，随风而至，像捉迷藏一样富有情趣；“浮动”表现暗香飘然而逝，颇有仙风道骨；“月黄昏”的美妙背景为梅花蒙上一层神秘的面纱。

第五句、第六句的“霜禽”“偷眼”突出了寒鸟的迫不及待，尽显梅花的色、香充满诱惑之美。“粉蝶”与“霜禽”形成鲜明对比，一大一小，一禽一虫，一虚一实，一合时宜一不合时，使画面富于变化。“断魂”二字运用了夸张的手法，将梅花之明媚、幽香描摹到了极致。

最后两句用“微吟”“相狎”表现了诗人愿与梅化而为一、不愿与世俗同流合污、洁身自好的高雅情趣。这是一个和“霜禽”“粉蝶”一样迫不及待、如痴如醉的诗人——一个梅化的诗人。苏轼曾在《书林逋诗后》说：“先生可是绝俗人，神清骨冷无由俗。”这正是诗人幽独清高、淡泊雅致的人格写照。

【诵读指导】

这首诗每句的基本节拍为“××××/×××”。对梅花的喜爱和观梅的愉悦是诵读本诗时应表现的感情基调。为使诵读富于变化，第三句、第七句可略快读，首句“独”、第二句“尽”、末句“不”可稍重读。

30. 玉楼春

宋祁

东城渐觉风光好，縠皱波纹①迎客棹②。绿杨烟外晓寒轻，红杏枝头春意闹③。

浮生④长恨欢娱少，肯爱⑤千金轻一笑。为君持酒⑥劝斜阳，且向花间留晚照⑦。

【作者与创作背景】

宋祁（998—1061），字子京，安州安陆（今湖北安陆）人，北宋文学家，天圣二年（1024）进士，曾任翰林学士、史馆修撰，与欧阳修等合修《新唐书》。宋祁的词语言工丽，因《玉楼春》词中有“红杏枝头春意闹”句，世称“红杏尚书”。

这首词为游赏春景之作，意在歌咏春天，劝人珍惜美好光阴，应该是写于某年春天，具体创作年份不详。

【参考译文】

我漫步于东城，渐渐感到春光越来越好，绉纱般的水波上船儿在慢慢地摇。翠绿的垂柳在晓光晨雾中轻摆曼舞，粉红的杏花开满枝头，一片春意盎然，非凡热闹。

总是抱怨飘浮无定的短暂人生欢娱太少，哪能为了吝惜千金而轻视欢笑呢？为你我举起酒杯奉劝斜阳，请留一抹余晖播撒在花丛间吧。

---

① ［縠（hú）皱波纹］形容波纹细如皱纱。縠皱，即绉纱，有皱褶的纱。
② ［棹（zhào）］船桨，此处指船。
③ ［春意闹］春意，春天的气象；闹，浓盛。
④ ［浮生］指飘浮无定的短暂人生。
⑤ ［肯爱］岂肯吝惜，即不吝惜。
⑥ ［持酒］端起酒杯。
⑦ ［晚照］夕阳的余晖。

【赏析】

上片起首一句泛写春光明媚，看上去好像是信笔写来，一个“好”字却淋漓尽致地表达了对春天的赞美之情。第二句运用拟人化手法，将水波写得生动亲切又富有灵性。接着具体描写美好春光：“绿杨”句写远处杨柳如烟，一片嫩绿，虽是清晨，寒气却很轻微；“红杏”句以杏花盛开衬托春意之浓，同样运用拟人化手法，仅仅一个“闹”字就将烂漫的大好春光描绘得活灵活现，呼之欲出，不但有色，而且似乎有声，王国维在《人间词话》中说：“着一‘闹’字而境界全出。”

上片写尽风光，下片转出感慨。前两句意思是浮生若梦，苦多乐少，不能吝惜金钱而轻易放弃这瞬间的欢乐，词人从主观情感上对春光美好做了进一步烘托。词人公务缠身，很少有时间或机会从春天里寻取人生的乐趣，不禁感叹“浮生”“长恨”，于是就有了宁弃“千金”也不愿放过从春光中获取短暂“一笑”的感慨。接着又禁不住要为同游的朋友举杯挽留夕阳，请他在花丛间多陪伴些时候，这一“无理”要求将词人对美好春光的留恋之情溢于言表，跃然纸上。

【诵读指导】

这首词中，凡七言句至少在第四字后略有停顿，即“××××/×××”。上片描写大好春光，应读得欢快些，表现满怀愉悦和喜爱。下片抒发对美好春光的留恋之情，诵读时应用舒缓的语气，语速适中。

31. 采桑子

欧阳修

群芳过后①西湖②好，狼籍残红③，飞絮濛濛④，垂柳阑干⑤尽日风。

笙歌⑥散尽游人去⑦，始觉春空，垂下帘栊⑧，双燕归来细雨中。

【作者与创作背景】

欧阳修（1007—1072），字永叔，号醉翁，晚年又号六一居士，吉州永丰（今江西吉安永丰）人，北宋政治家、文学家，唐宋八大家之一，官至翰林学士、枢密副使、参知政事，谥号文忠，世称欧阳文忠公。欧阳修是北宋文学革新运动的领袖人物，大力反对浮靡的时文，倡导有内容的古文，以文章负一代盛名，后人又将其与韩愈、柳宗元和苏轼合称“千古文章四大家”。

这首词作于熙宁四年（1071），这年六月，欧阳修以太子少师的身份辞职，退居颍州(治所在今安徽阜阳)。暮春时节来到西湖游玩，心生喜悦而作《采桑子》十首，皆以“西湖好”为首句，而词意不重复，这是其中第四首。

【参考译文】

暮春时节，百花凋落后，西湖依然是美丽的，散乱的片片落花在纷杂的枝叶间分外醒目。柳絮时而飘浮，时而飞旋，舞弄得迷迷蒙蒙。垂柳纵横交错，整日在和煦的春风中怡然摇曳。

笙箫歌声渐渐静息，游人尽兴散去，才开始觉得一片空寂。回到居室，放下窗帘，

---

① 〔群芳过后〕百花凋零之后。
② 〔西湖〕指颍州西湖，在今安徽阜阳县西北，颍水和诸水汇流处，风景佳胜。
③ 〔狼籍残红〕残花纵横散乱的样子。残红，落花。狼籍，同“狼藉”，散乱的样子。
④ 〔濛濛〕今写作“蒙蒙”，细雨迷蒙的样子，形容飞扬的柳絮。
⑤ 〔阑干〕横斜，纵横交错。
⑥ 〔笙歌〕笙管伴奏的歌筵。
⑦ 〔去〕离开，离去。
⑧ 〔帘栊〕窗帘。栊，窗棂。

细雨朦胧中，檐下那对燕子已双双归来，正呢喃软语，轻梳羽绒。

【赏析】

这首词与一般咏春词相比，其独到之处在于全词多用白描，耐人寻味。上片绘暮春之清幽景，下片言众人归去之静，虽然描写残春景色，却无伤春之感，而是以疏淡轻快的笔墨描绘颍州西湖的暮春美景，寄托闲适之情，情景交融，体现了对大自然和现实人生的无限热爱和眷恋。

上片首句是全词的纲领，引出群芳过后的西湖景象，通过落花、飞絮、垂柳等意象，动静交错，以动显静，描摹出一幅清疏淡远的暮春图景。常人对“群芳过后”的春残之景一般容易生出悼惜伤感之情，词人却赞“好”，并以这一感情线索贯穿全词，尽显其旷达胸怀和恬淡心境，的确是别具一格。

下片描写游春盛况已逝，游人意兴阑珊，繁华喧闹消失，词人才顿时感到“匆匆春又去”，四周一片落寞空寂。最后两句以细雨双燕描摹寂寥之况，字里行间流露出惜春恋春的复杂微妙的心境，文字疏隽，意蕴含蓄。

【诵读指导】

这首词中，凡七言句至少在第四字后略有停顿，即“××××/×××”。全词的基调是闲适、恬淡的，诵读时节奏应舒缓。

第四单元

恋 乡 思 人

- 《诗经》二首
- 上邪
- 望月怀远
- 送柴侍御
- 秋风引
- 蝶恋花
- 江城子　乙卯正月二十日夜记梦
- 青玉案
- 摸鱼儿
- 纳兰性德词二首

32. 《诗经》二首

子 衿①

青青子衿，悠悠我心。纵我不往，子宁不嗣音②？

青青子佩③，悠悠我思。纵我不往，子宁不来？

挑兮达兮④，在城阙⑤兮。一日不见，如三月兮。

击 鼓⑥

击鼓其镗⑦，踊跃用兵⑧。土国城漕⑨，我独南行。

从孙子仲⑩，平⑪陈与宋。不我以归⑫，忧心有忡⑬。

爰⑭居爰处？爰丧其马？于以⑮求之？于林之下。

死生契阔⑯，与子成说⑰。执子之手，与子偕老。

于嗟阔兮，不我活⑱兮。于嗟洵⑲兮，不我信兮。

---

① 选自《诗经·郑风》。子，男子的美称，这里即指“你”。衿，即襟，衣领。
② 〔嗣（yí）音〕传音信。嗣，通“贻”，给、寄的意思。
③ 〔佩〕这里指系佩玉的绶带。
④ 〔挑兮达兮〕挑、达，来回走动的样子。也作“佻、佻”。
⑤ 〔城阙〕城门楼。
⑥ 选自《诗经·邶风》。
⑦ 〔镗（tāng）〕鼓声。其镗，即“镗镗”。
⑧ 〔踊跃用兵〕踊跃，鼓舞；兵，武器，刀枪之类。
⑨ 〔土国城漕〕土，挖土；国，指都城；城，修城；漕，卫国的城市。
⑩ 〔孙子仲〕即公孙文仲，字子仲，邶国将领。
⑪ 〔平〕联合。陈、宋，诸侯国名。
⑫ 〔不我以归〕“不以我归”的倒装，有家不让回。
⑬ 〔有忡〕忡忡，忧虑不安的样子。
⑭ 〔爰（yuán）〕哪里。
⑮ 〔于以〕在哪里。
⑯ 〔契阔〕聚散、离合的意思。契，合；阔，离。
⑰ 〔成说（yuè）〕约定、成议、盟约。
⑱ 〔活〕相会。
⑲ 〔洵〕久远。

【作者与创作背景】

这两首诗选自《诗经》中的《国风》。《诗经》中“风”共160篇，大都出自各地的民歌，是《诗经》中的精华部分，有对爱情、劳动等美好事物的吟唱，也有怀故土、思征人及反压迫、反欺凌的怨叹与愤怒。《国风》中的诗常用复沓的手法来反复咏叹，同一首中的各章往往只有几个字不同，表现了民歌的特色。

【参考译文】

子衿

青青的是你的衣领，悠悠的是我的心境。纵使我不曾去会你，难道你就此断了音信？
青青的是你的佩带，悠悠的是我的情思。纵然我不曾去会你，难道你不能主动前来？
我独自走来走去啊，在这高高的城楼上。一天见不到你的面，好像分别已有三月长！

击鼓

战鼓擂得震天响，士兵踊跃练刀枪。挖土筑墙修漕城，独我被派遣赴南方。
跟随将领孙子仲，联合盟国陈与宋。路途遥遥不能归，我的心儿忧虑不安。
何处可歇何处停？跑了战马何处寻？一路追去哪里寻？原来它已跑入森林。
生死离合是夫妻，与你发誓曾相约。让我握住你的手，和你一起白头到老。
可叹相距太遥远，没有缘分重相见。可叹分别已太久，让我无法坚守信约。

【赏析】

《子衿》写的是一个女子在思念她的心上人。每当看到颜色青青的东西，女子就会想起心上人青青的衣领和青青的佩玉绶带。于是她登上城楼，就是想看见心上人的踪影。如果有一天看不见，她便觉得如隔三月。全诗三章，采用倒叙手法，充分描写了女子思恋男子的心理活动，惟妙惟肖，成为中国文学史上描写相思之情的经典之作。其中，“一日不见，如三月兮”更是千古名句。

《击鼓》是《诗经》中一首典型的战争诗，采用赋的手法，铺陈直叙，将士兵长期征战之悲、夫妻不能团聚之苦表现得十分真切感人。全诗的内容主要是写一位卫国兵士远戍陈宋，长期征战难以回家，回忆起新婚时与妻子的誓言，残酷的现实却使誓言落空。全诗共五章，每章四句。前三章戍边军人自叙出征情景，如怨如慕，如泣如诉；后两章转到夫妻离别时立下的誓言，谁料到归期难望，誓言难以实现，以此对战争进行了无言的控诉。“执子之手，与子偕老。”这是《诗经》中的名句，表达了人们珍惜爱情，希冀白头到老、共度一生的美好愿望。

【诵读指导】

这两首诗都是表达思念之情的。凡四言句，除以“兮”结尾的，节拍大多为“××/××”。

诵读这两首诗，必须先体悟诗中表达的思想感情。前者抒发的是对所爱之人的相思之苦，后者抒发的是对曾发誓要与自己白头到老的妻子的思念之情，表达的是长期征战之悲、夫妻不能团聚之苦。在此基础上，诵读时要注意把握节奏、重音和每一句的情感表达。第一首诗中“纵我不往，子宁不嗣音？”“纵我不往，子宁不来？”均为反问句，应用升调，读出对所爱之人久盼不来的惆怅与幽怨。第二首诗中“爰居爰处？爰丧其马？于以求之？”三个疑问句也应该用升调，读出士兵心中的茫然和无奈。“于嗟阔兮，不我活兮。于嗟洵兮，不我信兮。”诵读最后这两句时，要把“兮”字拖长了读，语气低缓，心情沉重，表现出士兵因与妻子相距遥远难以相见，分别已久誓言难以实现的深深痛楚、自责与遗憾。

33. 上　　邪①

乐　府

上邪！我欲与君相知②，长命③无绝衰。山无陵④，江水为竭，冬雷震震⑤，夏雨雪⑥，天地合⑦，乃敢与君绝！

【作者与创作背景】

乐府是自秦代以来设立的配置乐曲、训练乐工和采集民歌的专门官署。原本在民间流传的诗，经由乐府保存下来，汉人叫作“歌诗”，魏晋时始称“乐府”或“汉乐府”。后世文人仿此形式所作的诗也称“乐府诗”。它是继《诗经》《楚辞》而起的一种新诗体。

【参考译文】

上天呀！我渴望与你相爱，让我们的爱情永不衰绝。除非巍巍群山消逝不见，滔滔江水干涸枯竭，凛冽寒冬里雷声翻滚，炎炎夏日里降下大雪，天地相交聚合连接，我才敢将对你的情意抛弃决绝！

【赏析】

这是一首感情真挚而热烈的爱情诗，是一位痴情女子对爱人的热烈表白，是爱情的盟誓，充满了磐石般坚定的信念和火焰般炽热的激情。诗中主人公连用了五种绝不可能出现的自然现象，暗示爱对方一直要爱到世界末日，表明自己对爱情的坚贞，表明自己海枯石烂不变心。全诗语言质朴，参差不齐，全无修饰，却有令人惊心动魄的力量，充

---

① 〔上邪（yé）〕上天啊。上，指天；邪，语气助词，表示感叹。
② 〔相知〕相爱。
③ 〔命〕使。
④ 〔陵〕山峰、山头。
⑤ 〔震震〕形容雷声。
⑥ 〔雨（yù）雪〕降雪。雨，下，名词活用作动词。
⑦ 〔天地合〕天与地合二为一。

分体现了汉乐府民歌感情激烈而直露的特点。

诗的起首即指天为誓，从正面直率地表述了与对方相爱终生的愿望。“欲与君相知”是向对方表白自己的爱情，“长命无绝衰”则是表白自己对这份爱的忠贞坚守与充满信心，也表现出女主人公的激情四射和爽直性格。

在切入正题后，女主人紧接着进一步剖白心迹，通过出人意料的逆向想象，从反面设誓，从“与君绝”的角度设想了五种奇特的自然变异，作为“与君绝”的前提条件：从地理上说，山河消失了；从天时上说，四季颠倒了；一直说到天地混合，再度回到混沌世界。这些在现实生活中根本不可能发生的设想一件比一件荒谬，一件比一件离奇。其言外之意就是说，既然这五种情况都不可能发生，那么爱情也就永远不会消失减退了。全诗正是通过这种以不可实现之事来表达不可变异之心的独特抒情方式，把主人公生死不渝的爱情强调得无以复加。这种独特的抒情方式准确地表达了热恋中人特有的绝对化心理，深情奇想，确实是“短章之神品”。

【诵读指导】

朗读这首诗，要注意体会女主人公对爱人至死不渝的情感，要读得铿锵有力。其中从“山无陵”开始是全诗的高潮部分，尤其应该重读。同时也要注意语速和停顿：“欲”“长命”重读，“与君/相知”“无/绝衰”缓慢、拖长；“山/无陵，江水/为竭”可快读，“冬雷/震震，夏/雨雪”可连读、重读；“乃”“绝”略拖长音。

34. 望月怀远①

张九龄

海上生明月，天涯共此时。

情人②怨遥夜，竟夕③起相思。

灭烛怜光满，披衣觉露滋。

不堪盈手④赠，还寝梦佳期。

【作者与创作背景】

张九龄（678—740），字子寿，韶州曲江（今广东韶关市）人，唐代政治家、诗人。他忠耿尽职，秉公守则，选贤任能，直言敢谏，为“开元之治”做出了积极贡献。唐玄宗开元二十一年（733），张九龄任宰相，因遭奸相李林甫诽谤排挤，开元二十四年（736）被贬为荆州长史。这首诗就是他在荆州时所作。诗人通过望月怀念远方的亲人，以寄寓自己对美好理想的热烈追求。

【参考译文】

茫茫的海上升起了一轮明月，此时你我天各一方，共赏明月。
有情人怨恨漫漫的长夜，对月彻夜难眠，苦苦思念。
熄灭蜡烛以怜爱这满屋的月光，披衣起身才觉露水寒凉沾湿了衣衫。
不能手捧美好的月色赠给你，还是快快入睡在梦里与你相聚吧！

---

① 〔怀远〕怀念远方的亲人。
② 〔情人〕多情的人，指作者自己。
③ 〔竟夕〕一整夜。
④ 〔盈手〕双手捧满。

【赏析】

这首诗是望月怀思的名篇，全诗的起句紧扣题目，“海上生明月”画面简洁明朗，意境雄浑阔大，是千古佳句。首句写“望月”，次句写“怀远”，“天涯共此时”由景入情，语言朴实自然，不说自己望月思念对方，而是设想对方在望月思念自己，巧妙地把写景和抒情融合起来，写出彼此共对皓月之境。第三句、第四句直抒对远方亲人的相思。第五句、第六句接着描写自己深夜对月相思、彻夜难眠的具体情景。最后两句写自己对月相思的无奈与解脱的方法。

全诗由“望月”引出“怀远”，写景、叙事、抒情融为一体，语言清新，意境柔美，结尾面对明月情不自禁地产生了把月色赠送远人的想法，以这种无可奈何的痴念衬托出诗人思念远方亲人的深挚感情。全诗便在这失望和希望的交集中戛然收住，读之尤觉余味无穷。

【诵读指导】

这是一首五言诗歌，每句均按“××/×××”的节奏诵读。诵读时语气要带有一点感伤，语速缓慢，语调低沉。

海上生明月，天涯共此时	略慢，表现壮阔景象
情人怨遥夜，竟夕起相思	略哀伤，“竟”略重读
灭烛怜光满，披衣觉露滋	
不堪盈手赠，还寝梦佳期	“梦佳期”略慢

35. 送柴侍御[①]

王昌龄

沅水[②]通波[③]接武冈[④]，送君不觉有离伤[⑤]。

青山一道同云雨，明月何曾是两乡[⑥]？

【作者与创作背景】

王昌龄（？—约757），字少伯，河东晋阳（今山西太原）人，又一说京兆长安（今西安）人。盛唐著名边塞诗人。早年在故乡躬耕读书，后投笔从戎，离开长安，踏上出塞之路。开元十五年（727）中进士，二十二年中宏词科。初补秘书郎，调汜水尉，因事谪岭南。后任江宁丞，又因事贬龙标尉，世称王江宁、王龙标。年近六旬时弃官隐居江夏，安史之乱后被刺史闾丘晓所杀。

王昌龄是著名的边塞诗人，七言绝句写得既多又好，诗名很大，与李白同为写绝句成就最高的诗人，被誉为“诗家天子王江宁”“七绝圣手”。他的组诗《从军行》七首几乎全是精品，从各个角度揭示前线将士的心理活动；《出塞》更是古今传诵的名篇，被誉为唐代绝句的压卷之作。

《送柴侍御》这首送别诗是诗人被贬到龙标（今湖南省黔阳）时所写。诗人的朋友柴侍御将要从龙标前往武冈，临行前，诗人写下这首诗为他送行。

【参考译文】

沅江四处水路相通，连接着龙标与武冈，我送你远行也便不觉得有离别的伤感。

一路相连的青山一同沐浴着云雨，你我同享一轮明月又哪会感觉得到是身处两地呢？

---

① ［侍御］官职名。
② ［沅水］沅江的水。
③ ［通波］水路相通。一作“通流”。
④ ［武冈］县名，在湖南省西部。
⑤ ［离伤］离别的伤感。
⑥ ［两乡］诗人与柴侍御分处的两地。

【赏析】

王昌龄交游广泛，与李白、孟浩然、高岑等不少文人、官吏、隐士、僧道都有交往。他数次任官，多次被贬，更觉需要亲友的慰藉和友情的温暖。他也把自己真诚深厚的情谊倾注在诗句中，献给自己的知心好友。他一生写了 40 多首送别诗，别出心裁，不同凡响。《芙蓉楼送辛渐》写于王昌龄赴任江宁丞之日："寒雨连江夜入吴，平明送客楚山孤。洛阳亲友如相问，一片冰心在玉壶。"芙蓉楼在今江苏镇江，当时王昌龄正遭谤议，送别挚友远行，心情凄切，孤单寂寞，临别所嘱，以玉壶冰心自明心迹，远远超出了一般送别诗中表达的意境，构思新颖独特，既表现了友情的真挚，又表明了自己高洁冰清的品格。《送柴侍御》也是一首匠心独运的送别诗，其构思不同于《芙蓉楼送辛渐》，也打破了送别诗的常规，不着重写离别的伤感，而是着意表达离别之际对友人的宽慰，抒写别后的感受，从别样的角度表现了友情的深厚，匠心独运，感情深挚，温馨动人。

首句"流水通波接武冈"点明了友人要去的地方，"流水"与"通波"突出江河相连，道长无阻，与"接"字相加，化"远"为"近"，使"两乡"成为"一乡"，给人一种两地比邻相近之感，自然而然吟出"送君不觉有离伤"，语调流畅而轻快，一反送别诗重写离别、基调忧伤的常规，表达对友人的安慰。

后两句"青山一道同云雨，明月何曾是两乡"借助青山云雨、明月两乡等意象，通过丰富的想象，抒发自己与友人别后身处两乡但情同一心的深厚情谊。龙标、武冈虽然两地相"接"，但毕竟是隔山隔水的"两乡"，在前两句表现两地相近、别无离伤的基础上，描绘出别后与友人虽身处两乡，却云雨相同、明月共睹的感人又蕴含伤感的画面，先肯定，后反诘，笔法灵活巧妙，感情恳切浓郁，意境开阔唯美。

虽然诗人说与友人分别却"不觉有离伤"，意欲用乐观开朗的情绪来减轻与友人别离时的伤感惆怅，但对别后两人共沐云雨、同顶明月的描写，却饱含对青山绿水相隔的友人深切的思念之情，道出了诗人内心深处浓得化不开的伤感。"送君不觉有离伤"并没有显得诗人薄情，反而更加充分地表达出诗人对友人的体贴和深情，这种"道是无情却有情"的抒情手法，读来令人回味无穷。

新冠肺炎疫情发生后，2020 年年初，日本舞鹤市驰援大连一批物资，在该批物资的纸箱上就写着王昌龄的诗句"青山一道同云雨，明月何曾是两乡"。舞鹤与大连于 1982 年缔结友好城市，多年以来一直友好往来、守望相助，这批物资借助王昌龄的经典诗句，凝聚了两个城市深厚的友谊，带给人们温暖的感动和力量。

【诵读指导】

这首送别诗表面上轻松愉快，实则蕴含着诗人对友人的深厚情谊，在诵读时要读出诗人强压在心底的浓浓的离愁。全诗每句的基本节拍为“××/××/×××”，首句“沅水通波接武冈，送君不觉有离伤”稍显轻快，“青山一道同云雨”语速适当放慢，“明月何曾是两乡”读出反问语气，“两乡”语调低缓，略带忧伤，将诗人想象自己别后对友人的相思之情读出来。

36. 秋　风　引[①]

刘禹锡

何处秋风至②？萧萧③送雁群。

朝④来入庭树，孤客⑤最先闻。

【作者与创作背景】

刘禹锡（772—842），字梦得，洛阳人，自言为汉中山（今治河北定县）靖王刘胜之后。贞元九年（793）与柳宗元同榜进士及第。永贞二十一年（805）参加王叔文集团的政治改革“永贞革新”，失败后被贬朗州（今湖南常德）司马等官职，在外地二十多年。后入朝作主客郎中，晚年迁太子宾客。

刘禹锡诗文俱佳，题材广泛，被白居易称作“诗豪”，北宋苏轼对他也十分推崇。刘禹锡和柳宗元都是中唐时期的著名诗人，与柳宗元并称“刘柳”，与白居易合称“刘白”。他有朴素唯物论的思想，政治上也有进步见解，长期遭遇贬谪，让他倍受打击，大半生都在贬谪的路上，先后去过湖南、广东和四川等地，这使得他对现实的感受更加深刻。但他始终积极乐观，豁达坚强地面对生活，坚持写诗激励自己。他的诗不仅抒情，还充满了哲理，是一个不屈不挠的乐天派。他一直保持敢说敢写的风格，也有不少诗作抒发自己身世遭遇的愤懑和痛苦，有的诗更直接讽刺当朝权贵，留下了《陋室铭》《竹枝词》《秋词》等著名诗文和哲学著作《天论》等。

《秋风引》这首五言绝句表面上看是描写无影无踪的秋风，实际上却是在感慨自己的遭遇，通过对萧萧秋风起、秋风送雁群、风入庭树等秋景的描写，抒发了诗人远在他乡的孤独、思归的感情。

---

①〔引〕古代的一种诗体。

②〔至〕到。

③〔萧萧〕形容风吹树木的声音。

④〔朝（zhāo）〕早晨。

⑤〔孤客〕孤独的异乡人，这里指诗人自己。

【参考译文】

秋风是从什么地方吹来的呢？萧萧的秋风送来了南飞的雁群。

清晨的秋风撩动庭中的树木，孤独旅人最先听到秋风的声音。

【赏析】

这首诗以“秋风”为题，其他意象都由“秋风”引出，由秋风的到来引出“雁群”，由“雁群”引出庭树，又由秋风中的“雁群”引出“孤客”即诗人自己。整首诗的意象和情感都是在秋风中展开的。

首句“何处秋风至”是一个问句，突显了秋风不知从何处来、骤然而起的特点。“萧萧送雁群”描写秋风始至、鸿雁南来的景象，“送”字将萧萧秋风拟人化，构思新颖，巧妙生动地将无影无形的秋风描写成为可闻可见的景象。诗的后两句“朝来入庭树，孤客最先闻”，将视线从南来的“雁群”移向地面上的“庭树”，继而聚焦到最先听到秋风的“孤客”上，由远而近，由上而下，步步换景。“朝来”句承接首句的“秋风至”，又承接次句的“萧萧”声，“孤客最先闻”表现了“孤客”即诗人对物候变化的敏感，含蓄地流露出诗人长期贬谪在外、漂泊无依的无奈和思家念归之情。

写作这首诗时刘禹锡刚刚贬到岭南，在此之前他已被贬朗州十年，生活陷入困境，而被贬到更加偏远的岭南让他陷入了更为深沉的孤独，对故乡的思念之情也更加强烈。在这首诗中，他运用极为细腻的笔触，从“秋风”落笔，选择萧萧风声、南来雁群、风动庭树等意象，描写冷落萧索的秋景，巧妙地融入了思乡之苦。

【诵读指导】

这首诗是刘禹锡为数不多的比较伤感的诗作，字里行间流露出一种淡淡的忧伤。全诗每句的基本节拍为“××/×××”，节奏缓慢。

何处/秋风至	语调舒缓上扬，疑问语气
萧萧/送雁群	略带忧伤，缓慢
朝来/入庭树	“入”重读
孤客/最先闻	“孤客”“最”重读，表现孤独之苦、思归之切

37. 蝶恋花

欧阳修

庭院深深深几许①？杨柳堆烟②，帘幕无重数。玉勒雕鞍③游冶处④，楼高不见章台⑤路。　　雨横⑥风狂三月暮，门掩黄昏，无计留春住。泪眼问花花不语，乱红⑦飞过秋千去。

【作者与创作背景】

蝶恋花，词牌名，一般用来填写多愁善感和缠绵悱恻的内容。欧阳修的词作婉丽，承袭南唐余风，在这篇作品中体现明显。

【参考译文】

庭院深深，不知道到底有多深？杨柳依依，飞扬起片片烟雾，一重重帘幕不知有多少层。豪华的车马停在贵族公子寻欢作乐的地方，登楼向远处望去，却看不见那通向章台的大路。

三月暮春的傍晚，雨暴风狂，即使用门掩住黄昏景色，也没有办法挽留住春天。泪眼汪汪地问落花可知道我的心意，落花默默不语，纷纷飘落，飞到秋千外。

【赏析】

这首词借伤春描写闺中女子的幽情怨恨。

上片开头写“庭院深深”的境况。叠字“深深”渲染庭院之深，“深几许”的发问中含有怨艾之情，“杨柳堆烟”“帘幕无重数”，突出闺阁的幽深封闭。“楼高不见章台

---

①〔几许〕多少。

②〔堆烟〕形容杨柳浓密。

③〔玉勒雕鞍〕形容车马的豪华。玉勒，玉制的马衔。雕鞍，精雕的马鞍。

④〔游冶处〕指歌楼妓院。

⑤〔章台〕汉长安街名。后世以章台代指歌妓聚居之地。

⑥〔雨横〕急雨、骤雨。

⑦〔乱红〕凌乱的落花。

路”道出女主人公孤身独处——原来她正独处高楼，她的目光透过重重帘幕，堆堆柳烟，向丈夫经常游冶的地方凝神远望。

下片着重写情，雨横风狂，女主人公想挽留住春天，但风雨无情，留春不住，只好无奈地把感情寄托于飘零的乱花。“泪眼问花花不语”两句包含着无限的伤春之感，道尽了女子孤寂落寞、独守空房的痴情与绝望，“乱红”既是实景，又是女子韶华易逝、青春难留的悲剧命运的象征。

词人将女主人公哀怨复杂的心理刻画得丝丝入扣，层层深入。先是思念骑着骏马游乐的丈夫，却是可望而不可见，眼前只有在狂风暴雨中横遭摧残的乱花，由此联想到自己的命运，不禁伤心泪下，于是痴情地向花发问，不料飘零的乱花不但不语，反而飞过秋千而去。有情之人、无情之物都是如此的冷漠，怎不令人心碎欲绝？

【诵读指导】

这首词的感情基调是凄楚哀怨的。词中七言句节奏是“××××/×××”，五言句节奏是“××/×××”，四言句的节奏是××/××。

庭院深深深几许？杨柳堆烟，帘幕无重数	哀怨，“深几许”用升调
玉勒雕鞍游冶处，楼高不见章台路	悲伤，无奈，怨愤
雨横风狂三月暮，门掩黄昏，无计留春住	伤感，惋惜
泪眼问花花不语	悲苦，可略快，语调可略高
乱红飞过秋千去	悲伤，无奈，语调低沉，渐慢

38. 江 城 子

乙卯①正月二十日夜记梦

苏 轼

十年生死两茫茫，不思量②，自难忘。千里孤坟，无处话凄凉。纵使③相逢应不识，尘满面，鬓如霜。　　夜来幽梦忽还乡，小轩窗，正梳妆。相顾无言，惟有泪千行。料得④年年肠断处，明月夜，短松冈。

【作者与创作背景】

苏轼 19 岁时，与年方 16 的王弗结婚。王弗年轻美貌，温柔孝顺，二人恩爱情深。可惜天命无常，王弗 27 岁就去世了，这对苏轼打击很大。宋神宗熙宁八年（1075），苏轼在密州（今山东诸城）知州任上，这一年正月二十日，他梦见爱妻王氏，写下这首传诵千古的悼亡词。

【参考译文】

你我夫妻诀别已经整整十年，阴阳隔绝，强忍着不去思念你，可终究难以忘怀。孤坟远在千里之外，我到哪里去向你倾诉满腹的哀怨和思念啊！纵然夫妻相逢你也认不出我了，因为四处奔波的我已是灰尘满面、两鬓如霜。

昨夜我忽然在梦里回到了家乡，你正在小屋的窗前梳妆打扮。你我二人默默相对、黯然不语，只洒下热泪千行。料想那清冷的月夜下长着小松树的山冈，就是你年年肝肠寸断思念我的地方吧。

【赏析】

这首悼亡词凄切悲凉，一字一泪，表现了绵绵不尽的哀伤和思念。全词采用白描手

---

① 〔乙卯（mǎo）〕宋神宗熙宁八年（1075）。
② 〔思量（liàng）〕想念。
③ 〔纵使〕即使。
④ 〔料得〕料想，想来。

法，语言平易质朴，在对亡妻无尽的哀思中又感慨自己的身世，将夫妻之间的感情表达得深沉真挚，感人至深。

上片写死别。首句就将长久郁结于心的深长的悲叹迸发而出，为全词定下了凄怨哀伤至极的感情基调。“不思量，自难忘”，表明词人一直将亡妻铭记于心，但亡妻若能见到自己，恐怕也难以认出来了，因为自己一直奔波劳碌，已是灰尘满面、鬓发如霜。于是由悼妻到自伤，在思念爱妻的同时又慨叹自己仕途失意、饱经风霜的坎坷身世。

下片记梦。“小轩窗，正梳妆”既是对十年婚姻生活的回忆，又是梦境。“相顾无言，惟有泪千行”则道尽词人今日失意、哀苦无处诉的孤单痛楚，使相逢的梦反比相思的苦更加令人感到凄凉。结尾又从梦境回到现实，写梦醒后的感慨。词人巧妙地推己及人，想象在千里之外的荒郊月夜，那长着小松树的凄清冷落的山冈上，妻子一定会年复一年地因想念自己而柔肠寸断，衬托出诗人自身对亡妻的深挚感情。

【诵读指导】

这是一首悼亡词，感情基调凄婉而哀伤，诵读时表现深深的悼念之情。词中凡七言句，节奏均为“××××/×××”。

十年生死两茫茫，不思量，自难忘	缓慢、沉痛、悲凉，“两茫茫”略拖长，“十年生死”“难忘”重读
千里孤坟，无处话凄凉	沉重、压抑
纵使相逢应不识，尘满面，鬓如霜	沧桑，悲凉，“纵使相逢”略快
夜来幽梦忽还乡，小轩窗，正梳妆	略带希望，略轻读
相顾无言，惟有泪千行	由喜转悲，“泪千行”一字一顿
料得年年肠断处	痛苦，“肠断处”上扬
明月夜，短松冈	低沉、哀伤

39. 青　玉　案

贺　铸

凌波不过横塘路，但目送、芳尘去①。锦瑟年华谁与度②？月楼花院③，琐窗朱户④，惟有春知处。　　碧云冉冉蘅皋暮，彩笔空题断肠句⑤。试问闲愁知几许⑥？一川烟草，满城风絮，梅子黄时雨⑦。

【作者与创作背景】

贺铸（1052—1125），字方回，自称远祖本居山阴（今浙江省绍兴市），生长于卫州（今河南卫辉市），北宋著名词人，宋太祖贺皇后族孙，娶宗室之女为妻，自称是唐代著名诗人贺知章的后代。年少读书，博学强记。一生不曾从科举入仕，只在地方上当过小吏，初任武职，不久后改转文职，晚年退居姑苏（即苏州）。

贺铸为人耿直，才兼文武，但一直屈居下僚，报国无门，其词多抒写怀才不遇。他晚年退居姑苏时有一座小屋，在盘门外十余里一个叫横塘的地方，他经常在这一带盘桓，后来写下了这首相思怀人之词。

【参考译文】

美人轻盈的脚步没有越过横塘路，我只能伤心地目送着她像芳尘一样飘然远去。谁

---

① 〔“凌波不过横塘路”两句〕意谓美人一去不返。曹植《洛神赋》：“凌波微步，罗袜生尘。”后人即以凌波形容美人步履的轻盈。横塘，地名，在现在江苏苏州。龚明之《中吴纪闻》：“（贺铸）有小筑在盘门之南十余里，地名横塘，方回往来其间。”芳尘，美人经过时扬起的尘土，借指美人行踪。

② 〔锦瑟年华谁与度〕谁和你一起度过美好的青春年华？锦瑟：饰有彩纹的瑟。锦瑟华年，美好的青春年华。李商隐《锦瑟》：“锦瑟无端五十弦，一弦一柱思华年。”

③ 〔月楼花院〕月光辉映、鲜花盛开的台榭。一作“月桥花院”。

④ 〔琐窗朱户〕镂刻有连环图案的窗，朱漆的门。

⑤ 〔“碧云冉冉蘅皋暮”两句〕暮色中，长着香草的水边高地上空碧云缓缓地飘过，刚刚用五色彩笔写下令人断肠的诗句。冉冉，慢慢地。蘅，香草名。皋，水边高地，这里代指美人的住处。彩笔，比喻文学才华。碧云，一作“飞云”。

⑥ 〔试问闲愁知几许〕李煜《虞美人》：“问君能有几多愁？”与此句意同。知几许，总共多少。

⑦ 〔“一川烟草”三句〕罗大经《鹤林玉露》卷七：“盖以三者比愁之多也。”一川，满地。江南地区旧历四五月间多雨，正值梅子成熟，俗称梅雨。

将和你共度美好的青春年华呢？是在月光辉映、鲜花盛开的庭院旁边，还是在有着雕花的窗、朱漆的门的院子里？只有春风才知道她的居处。暮色中，长着香草的水边高地上空碧云缓缓地飘过，我刚刚用五色彩笔写下令人断肠的诗句。若要问我的闲愁到底有多少，就像那满地烟雨笼罩着的青草，似那满城纷飞的柳絮，又宛如梅子黄时的绵绵细雨。

【赏析】

贺铸的作品题材广泛，写法灵动，风格多样，《青玉案》为其代表作，一问世便被人誉为“绝唱”，广为流传。这首词说来有些好笑，原来是贺铸退居苏州时，因为邂逅了一位美女，对其一见倾心，于是写下了这首名作。这事本身并不新奇，但这首词写得实在是美妙动人，当世就已负盛名，历代更是传为佳句。

这看上去好像只是一首恋词，从字面上看是写心目中的美人，苦苦盼望而不得相见，百般思恋只能付诸“断肠句”，但它写于词人的晚年，想必另有寄托，即借用美人香草抒写政治感慨，以抒发自己幽居穷处的苦闷和因怀才不遇而郁郁不得志的“闲愁”。贺铸有政治抱负，想一显身手、建功立业。他关心国计民生，但一生只做过小官，又为人耿直，不媚权贵，理想抱负不能实现。词中居住在香草泽畔的美人清冷孤寂，正是他政治上失意、苦闷的形象写照，这种寄托深厚自然而不露痕迹，立意新奇，对怅惘迷茫的愁闷心境的描写又十分出色，能引起人们无限想象，故深受人们喜爱。

词的上片写词人偶遇美人而生起爱慕思恋和无缘相见的惆怅之情。“凌波不过横塘路，但目送、芳尘去”写美人轻盈美好的姿态，以下全是想象：“锦瑟年华谁与度”以反问语气抒发了词人内心的怅惘之情；“月楼花院，琐窗朱户”描绘词人想象美人住处的情景。最后一句“惟有春知处”则含蓄抒发了对美人的相思之情，可见词人对美人不但目送，而且心随，其一片痴心昭然于词中。

下片描写词人幽居寂寞积郁难抒的愁情。开头两句写词人一片痴情，一直呆呆地站在那里，直到天色已晚，暮霭渐生，通过描写暮春黄昏时的景色暗示出词人盼望那位“凌波”仙子出现，直到黄昏仍不见踪影。写“美人”可望而不可即，喻指理想不能实现，形象生动。接着自誉“彩笔”，直陈自己为此痴情而写了这缱绻断肠词句。“碧云”句喻指时光流逝迅速，末尾巧扣当前的季节风物，连用三个比喻即博喻，表现“闲愁”之多、乱、缠绵不断，十分生动。“试问闲愁知几许？一川烟草，满城风絮，梅子黄时雨。”这是一个设问句：“心中共有多少愁？”答：“我的愁多得好似烟雨中的满地青草，随风飘散的满城飞絮，梅雨时节的纷纷雨滴。”用草、絮、雨三个比喻叠答，从数量、范围和情状多角度描写“闲愁”无处不在、无处不有、绵绵不断，将不可捉摸的感情转化为可见的实景，不仅形象、真切地表现出词人失意、迷茫、凄苦的内心世界，同时也生动、准确地展现了江南暮春时烟雨迷蒙的情景，给人们提供了丰富的审美空间，可谓新颖精巧，意味深长，极为贴切巧妙，成为千古名句，作者也因此获得了“贺梅子”的雅号。

词人以境写情，因景生情，以一组具有地域和季节特色的物象，巧妙地用美好的景色来衬托自己的心情，良辰美景而无赏心乐事，更显出愁苦之重。黄庭坚极口称赞说：“解作江南断肠句，只今唯有贺方回。”（《寄贺方回》）

这首词语言典丽，风格华美，形象鲜明，意境优美。全词字句洗练，暗用了《洛神赋》《锦瑟》《江淹传》等典故，非常贴切自然。

【诵读指导】

这是一首婉约词，诵读时，凡七言句在第四字时需要略加停顿，即“××/××/×××”。

凌波/不过/横塘路，但目送、芳尘去	无奈伤感，缓慢
锦瑟/年华/谁与度？月楼花院，绮窗朱户，惟有春知处	“谁与度”语调上扬，“春知处”拖长
碧云/冉冉/蘅皋暮，彩笔空题断肠句	“冉冉”轻缓，“断肠”重读
试问/闲愁/知几许？一川烟草，满城风絮，梅子黄时雨	“知几许”语调上扬，“一川”三句舒缓、低沉，满怀幽怨。第一句急，后三句缓，“黄时雨”拖长

40. 摸 鱼 儿

元好问

问世间、情是何物，直教①生死相许？天南地北双飞客②，老翅几回寒暑。欢乐趣，离别苦，就中更有痴儿女。君应有语，渺万里层云，千山暮雪，只影向谁去？　　横汾路③，寂寞当年箫鼓，荒烟依旧平楚。招魂楚些何嗟及，山鬼暗啼风雨④。天也妒，未信与、莺儿燕子俱黄土。千秋万古，为留待骚人⑤，狂歌痛饮，来访雁丘处。

【作者与创作背景】

元好问（1190—1257），字裕之，号遗山，太原秀容（今山西忻州）人，金末元初文学家、历史学家，其诗、文、词、曲，各体皆工。

金章宗泰和五年（1205），年仅16岁的元好问赴并州赶考，路遇一位捕雁者说，天空中一对比翼双飞的大雁，其中一只被捕杀后，另一只从天上一头栽下，殉情而死。元好问听了深受感动，买下这对大雁，将它们合葬在汾河边，建了一个小小的坟墓，叫“雁丘”，并写了一首词以示留念，即本词。词人以物喻人，赞美忠贞专一的爱情。

【参考译文】

问一问这人世间的爱情究竟是什么，竟会使得这对飞雁用死来相对待？大雁天南地北双宿双飞，秋去春来，任有多少冬寒夏暑，依旧恩爱相依为命。比翼双飞是多么快乐，离别又是多么痛苦。人世间有多少像这对大雁这样真心相爱的痴情男女啊！失去伴侣的大雁应该知道前途遥远，空中只有渺渺层云相伴，地面唯见暮色中的山峦积雪，再无爱

① ［直教］竟使。

② ［双飞客］大雁双宿双飞，秋去春来。

③ ［横汾路］汉武帝曾乘船横渡汾河。当时很热闹，箫鼓齐鸣。作者葬雁之处也在汾水一带。

④ ［招魂……风雨］欲为死雁招魂又有何用？雁魂在风雨中暗自啼哭。招魂楚些（suò）：《楚辞·招魂》句尾皆有“些”字。何嗟及：悲叹无济于事。

⑤ ［骚人］文人墨客。

侣同甘共苦，形孤影单，即使苟且活下去又有什么意义呢？

这汾水一带，本是昔日汉武帝游幸欢乐的地方，曾经弦歌曼舞、箫鼓喧天，现在却已是一片荒烟，平林漠漠，寂寞凄冷。招魂又有什么用呢？雁死不会复生，其魂枉自悲啼。双雁生死相许的深情连上天也嫉妒，所以这对殉情的大雁决不会和莺儿燕子一样，死后化为黄土。它们将会留得生前身后名，千秋万古后，也会有骚人墨客来寻访雁丘坟，祭奠这一对爱侣的亡灵。

【赏析】

这首词名为咏物，实乃抒情。词人紧扣“情”字，驰骋丰富的想象，运用比喻、拟人等艺术手法，深入细致地描述了大雁殉情的故事，以充满悲剧气氛的环境描写作为烘托，谱写了一曲凄婉缠绵、感人至深的爱情悲歌，寄托了词人纯真的爱情理想。

词的开篇用问句，一个“问”字破空而来，先声夺人，为殉情者发问，引起人们深入思索，引发出对世间生死不渝真情的热情讴歌，为下文描写雁的殉情蓄足了笔势。上片“生死相许”之前加上“直教”二字，突出了“情”的力量之奇伟。接着两句描写大雁双宿双飞、相濡以沫的感人生活情景，赋予它们比翼双飞以世间夫妻相爱的理想色彩，为下文的殉情作了必要的铺垫。“君应有语”四句是对大雁殉情前心理活动细致入微的揣摩描写。捕雁人惊破双栖梦之后，词人认为孤雁心中必然会进行生与死、殉情与偷生的矛盾斗争，这更表明了殉情是大雁深入思索后的理性抉择。

词的下片以帝王盛典之消逝反衬雁丘之长存，也是词人朴素的民本思想的折射。结尾四句想象雁丘将永远受到文人墨客的凭吊，寄寓了词人对殉情者的深切哀思，延伸了全词的历史跨度，使主题得以升华。

全词情节并不复杂，行文却跌宕多变，用事实回答了什么是至情。作者围绕着开头的两句发问，层层深入地描绘、铺叙和抒情，有大雁生前的欢乐，也有死后的凄苦，有对往事的追忆，也有对坚贞爱情的讴歌，前后照应，寓缠绵之情于跌宕之中，寄人生哲理于情语之外。全词语言清丽淳朴、温婉隽永，具有很高的艺术价值。

【诵读指导】

在这首词中作者以健笔写柔情，熔沉雄之气韵与柔婉之情肠于一炉，确实是柔婉之极而又沉雄之至。因此，这首词宜用低沉、悲伤的语气来诵读。在此基础上，诵读时要注意把握节奏、重音和每一句的情感表达。

问世间、情是何物，直教生死相许	“问”重读，“情是何物”用升调
天南地北双飞客，老翅几回寒暑	“双飞客”“几回”略重读
欢乐趣，离别苦，就中更有痴儿女	“欢乐趣”平缓，“离别苦”略快，“苦”略拖长，“痴儿女”略慢
君应有语，渺万里层云，千山暮雪，只影向谁去	“渺”拖长，“万里”“千山”重读，“只影向谁去”用升调 停顿：只影/向谁去
横汾路，寂寞当年箫鼓，荒烟依旧平楚	低沉缓慢，伤感凄苦
招魂楚些何嗟及，山鬼暗啼风雨	“何嗟及”用升调，“何”拖长，表现无奈
天也妒，未信与、莺儿燕子俱黄土	“妒”“俱”重读
千秋万古，为留待骚人，狂歌痛饮，来访雁丘处	“千秋万古”悲伤，略慢，略重读；“来访雁丘处”略慢 停顿：来访/雁丘处

41. 纳兰性德词二首

木兰词　拟古决绝词柬①友

人生若只如初见，何事秋风悲画扇②。等闲变却故人③心，却道故人心易变。　　骊山语罢清宵半，泪雨霖铃终不怨④。何如薄幸⑤锦衣郎⑥，比翼连枝当日愿。

画　堂　春

一生一代一双人，争教两处销魂⑦。相思相望不相亲，天为谁春！　　浆向蓝桥易乞，药成碧海难奔⑧。若容相访饮牛津⑨，相对忘贫。

【作者与创作背景】

纳兰性德（1655—1685），原名成德，字容若，满洲正黄旗人，清朝词人。他出身贵族家庭，无心功名利禄，主张作诗要有才学，填词要有比兴，反对模仿。词作长于小令，清淡朴素，不尚雕饰，内容多写离情别绪及个人的闲愁哀怨。

---

① 〔柬〕给……信札。

② 〔何事秋风悲画扇〕化用汉班婕妤被弃典故。班婕妤为汉成帝妃，被赵飞燕谗害，退居冷宫，后有诗《怨歌行》，以秋扇见捐为喻抒发被弃之怨情。这里是说本应当相亲相爱，却成了今日的相离相弃。

③ 〔故人〕情人。

④ 〔骊山语罢清宵半，泪雨霖铃终不怨〕《太真外传》载，唐明皇与杨玉环曾于七月七日夜，在骊山华清宫长生殿里盟誓，愿世世为夫妻。白居易《长恨歌》：“在天愿作比翼鸟，在地愿为连理枝。”对此作了生动的描写。后安史乱起，唐明皇入蜀，在马嵬坡赐死杨玉环。杨玉环死前道：“妾诚负国恩，死无恨矣。”唐明皇此后在途中闻雨声、铃声而悲伤，作《雨霖铃》曲以寄哀思。这里借用此典表明即使是最后作决绝之别，也不生怨。

⑤ 〔薄幸〕薄情。

⑥ 〔锦衣郎〕指唐明皇。

⑦ 〔销魂〕形容极度悲伤、愁苦或极度欢乐。

⑧ 〔浆向蓝桥易乞，药成碧海难奔〕“浆向蓝桥易乞”出自《太平广记》：秀才裴航乘船至蓝桥时，口渴求水，得遇云英，一见倾心，遂向其母提亲。其母要求以玉杵为聘礼，方可嫁女；后裴航终于寻得玉杵，得以成婚。蓝桥，地名，陕西蓝田县。“药成碧海难奔”出自李商隐诗“嫦娥应悔偷灵药，碧海青天夜夜心”。

⑨ 〔饮牛津〕传说中的天河边，这里借指与恋人相会的地方。

《木兰词　拟古决绝词柬友》是一首以女子的口吻控诉男子的薄情，从而表达与之决绝的词。词情哀怨凄婉，悲楚缠绵。也有人认为另有寓意。

《画堂春》是一首典型的旁征博引之词，应当是纳兰性德自悔之作，表达对亡妻卢氏深切的思念之情。

【参考译文】

木兰词　拟古决绝词柬友

倘若人生总是如初见般美好，就不会有班婕妤在秋风中悲画扇的愁怨了。但你我本应相亲相爱，今日为何却相离相弃？如今随随便便就轻易地变了心，你却反而说恋人相爱的心本来就是容易改变的。

我和你就像唐明皇和杨玉环那样，在长生殿有过生死不相离的誓言，却又最终作决绝之别，即使如此，我也终究不会对你心生怨恨。可是薄情的你又怎么比得上当年的唐明皇呢？他毕竟是与杨玉环有过比翼鸟、连理枝的誓愿的。

画堂春

明明是一生一代的两个恋人，却偏偏不能在一起，如今我们两地分隔，令人黯然销魂。整日里相思相望却又不能相亲相爱，不知道上苍究竟为谁造就了这美丽的春天。

像裴航那样于蓝桥乞浆而得妻云英的际遇对我来说并不是什么难事，难的是纵有不死之灵药，也不能像嫦娥那样飞入月宫去。如果能够和相爱的人相见，面对着她，即便是贫困，我也毫不在意。

【赏析】

木兰词　拟古决绝词柬友

这首词以一位失恋女子的口吻谴责负心郎，借班婕妤被弃、唐玄宗与杨贵妃的爱情悲剧的典故，通过秋扇、骊山语、雨霖铃、比翼连枝等意象，营造了一种幽怨、凄楚、悲凉的意境，抒写了女子被男子抛弃的幽怨之情。

词题“拟古决绝词柬友”表明这是一阕模仿古乐府写给一位朋友的决绝词，所以有人认为这首词另有隐情，词人是用男女间的爱情为喻说明交友之道也应该始终如一、生死不渝。

起句“人生若只如初见”非常新奇，是整首词里感情最强烈的一句，极尽婉转伤感之韵味，道尽前人所未道，人生种种不可言说的复杂滋味都仿佛因这一句涌上心头，令人感慨万千：本来两情相悦，恨不能朝朝暮暮，然而若知道迟早要分离，不如保持初见时的美好。接下来，“何事秋风悲画扇”用汉朝班婕妤被弃的典故将女子和情人先前的恩爱与后来的相弃做对比，感叹世事变迁、物是人非，更加突出了“人生若只如初见”的美好。“等闲变却”则指变心的人往往会责备满怀痴情却无端被弃的一方先变心。最后四句引用唐明皇与杨玉环的典故谴责薄情郎虽然当时也曾订下山盟海誓，如今却背情弃义，失恋女子的悲伤怨恨之情溢于言表，读来令人唏嘘不已。

画堂春

都说纳兰词字字泣血，汇各方典故，集悲情之最。《画堂春》就是一首典型的旁征博引之词，应当是纳兰性德自悔之作。

上片叙述自己与爱人分离。第一句取自唐代骆宾王的《代女道士王灵妃赠道士李荣》：“相怜相念倍思亲，一生一代一双人”，明白如话。“销魂”是魂魄离体的意思，可见词人伤思之深。“相思相望不相亲，天为谁春！”对相爱的人来说，彼此相思，彼此能够相望，却不能相亲，这是何等的残酷，也难怪词人会问“天为谁春”。这一问，道尽词人心中无尽的伤感：春日是万物复苏之时，然而爱人不在身边，再好的春日又有什么用呢？

下片接连用典却不显得生涩难懂，也丝毫没有堆砌的感觉。词中提到裴航的典故和嫦娥的传说，由此可推测词人是在写亡妻卢氏。纳兰性德与卢氏刚结婚时，两人感情并不很和谐，词人提及嫦娥，深感悔恨之意。而今与亡妻生死相隔，恰如牛郎织女相隔天堑。可是，即使已经相会无期，词人还是在苦苦守望和等待。结尾两句实际上描绘的是词人的幻想：如果能与她相会相守，日日面对着她，即便是贫困，我也毫不在意。如此的痴痴深情读来令人心痛怅然。

【诵读指导】

《木兰词　拟古决绝词柬友》的感情基调是哀怨凄婉。这首词各句节奏均为“×××/×××”。

人生若只如初见，何事秋风悲画扇	惋惜
等闲变却故人心，却道故人心易变	愤恨，略快
骊山语罢清宵半，泪雨霖铃终不怨	略慢，“终不怨”重读
何如薄幸锦衣郎，比翼连枝当日愿	怨恨，“何如薄幸锦衣郎”用反问语气

《画堂春》的感情基调应适当伤感、无奈，注意语速放慢，停顿稍长。

一生一代一双人，争教两处销魂	“销魂”略重读 停顿：一生一代/一双人
相思相望不相亲	语气渐重 停顿：相思相望/不相亲
天为谁春	重读，反问语气
浆向蓝桥易乞，药成碧海难奔	“药成碧海难奔”语调升高，带悔恨意
若容相访饮牛津，相对忘贫	语气渐重 停顿：若容相访/饮牛津

第五单元

感 悟 人 生

- 杂诗十二首 （其一）
- 金缕衣
- 终南别业
- 咏史
- 泾溪
- 商鞅
- 临江仙　　送钱穆父
- 冬夜读书示子聿
- 丑奴儿　　书博山道中壁
- 观书有感二首
- 雪梅 （其一）

42. 杂诗十二首（其一）

陶渊明

人生无根蒂①，飘如陌②上尘。

分散逐风转，此已非常身③。

落地④为兄弟，何必骨肉亲！

得欢当作乐，斗⑤酒聚比邻⑥。

盛年不重来，一日难再晨。

及时⑦当勉励，岁月不待人。

【作者与创作背景】

《杂诗》共十二首，除第八首主要慨叹贫困外，其余大多感慨人生无常、时光消逝和壮志难酬。本诗是其中的第一首，写壮年一去不复返，因此必须及时勉励。

【参考译文】

人生在世宛如无根之木、无蒂之花，漂泊无依如同路上随风飘飞的尘土。
生命随风飘转，身体历尽了艰难，已经不是原来的样子了。
世人都应该将彼此视为兄弟，何必非要亲兄弟才能相亲呢？

---

①〔无根蒂〕花、瓜果与枝茎的相连之处叫蒂。无根蒂，喻漂泊不定。
②〔陌〕田间东西方向的道路，此处泛指路。
③〔非常身〕不再是长期保持不变的身躯，即不再是以前长时间所处的盛年、壮年的身心状态。
④〔落地〕刚出生。
⑤〔斗〕酒器。
⑥〔比邻〕近邻。
⑦〔及时〕趁盛年之时。

遇到高兴的事就应该及时行乐，有酒就应该和近邻相聚畅饮。

壮年一旦过去便不能重来，就像一天之中难以看到第二次日出。

应该趁年富力强之时自我勉励，因为时光易逝，并不会等待人。

【赏析】

这首诗的主旨是感叹人生短暂，劝勉人们及时行乐。

前四句诉说人生无所归依的漂泊感。连用“无根蒂”“陌上尘”两个比喻，生动贴切地凸显了命运变幻莫测，透露着诗人内心的落寞和悲伤。而“逐风转”写出了诗人深刻的人生体验：人生漂泊不定，年岁既长，当年的宏伟愿望并没有实现。这就在对人生无常的感叹中又增添了些许绝望。

中间四句承接上文。既然人生蕴含变数，万物无法永恒，那又何必在乎血缘呢？对待他人应该像对待自己的亲兄弟一样，对于欢乐的事情，应该及时庆祝、与人分享。这体现了诗人对事、对人的态度，表明了他放弃了从宦海浮沉中追寻人生的美好，转而从寻常生活中寻找精神上的欢乐，这种欢乐平淡而淳朴。

最后四句直抒胸臆。既然生命如此短暂仓促、难以掌控，那么就应当享受当下的快乐。这表明了诗人对人生价值和意义的思考，相比前面“得欢当作乐，斗酒聚比邻”两句又增添了几分深意。在当时特定的历史条件下，这种及时行乐的思想标志着诗人的觉醒，对生命的意义的重新发现、思索、把握和追求。陶渊明在自然中发现了纯净的美，在村居生活中找到了质朴的人际关系，在田园劳动中得到了自我价值的实现，这是难能可贵的。

【诵读指导】

这首诗各句节奏均为“××/×××”。诵读时，应把握其中的情感起伏。

诗句	诵读
人生无根蒂，飘如陌上尘	悲怆、低沉，略慢
分散逐风转，此已非常身	
落地为兄弟，何必骨肉亲	稍振作，“何必”重读
得欢当作乐，斗酒聚比邻	慷慨激越，语调渐高
盛年不重来，一日难再晨	慷慨深沉，略带伤感
及时当勉励，岁月不待人	

43. 金　缕　衣①

无名氏

劝君莫惜金缕衣，劝君惜取少年时。

花开堪折直须②折，莫待③无花空折枝。

【作者与创作背景】

《金缕衣》是中唐时期的一首七言乐府诗，是当时流行的一首配着曲调演奏弹唱的歌词。作者不详，据说元和年间镇海节度使李锜十分喜爱这首词，常命侍妾杜秋娘在酒宴上演唱，作者常被认为是杜秋娘（见杜牧《杜秋娘诗》及自注）。而《全唐诗》中标注的则是“无名氏”。

【参考译文】

我劝你不要留恋那华丽贵重的金缕衣，我劝你一定要珍惜青春年少的美好时光。

花儿可以折取时就应该抓住机会摘，千万不要等到花儿凋谢时只能折取空枝。

【赏析】

这是一首内涵丰富又具有哲理意味的诗，全诗运用对白语气，语言直白，朴实无华。

前两句均以“劝君”开头，反复吟咏，语重心长。“劝君莫惜金缕衣”是劝告人们不要一味地追求荣华富贵，“劝君惜取少年时”则是劝告人们要珍惜美好的青春时光。重复但不单调，回环往复，旋律优美。后两句“花开堪折直须折，莫待无花空折枝”则用了两个“花”字和三个“折”字，以“花”设喻，“花开”可以看成是比喻美好的爱情，也可以看成是比喻建立功业，劝喻人们要及时摘取爱情的果实，及时建立功业，以免浪费了宝贵的光阴、错过了美好的爱情、事业没有建树而后悔莫及。“空折枝”三字耐人寻味，富有艺术感染力。

---

① 〔金缕衣〕缀有金线的衣服，比喻富贵荣华。

② 〔直须〕应该。直，直接。

③ 〔莫待〕不要等到。

前两句直抒胸臆，后两句则借用比喻，前两句和后两句都有肯定和否定的对立，反复咏叹，形象优美，旋律节奏回环往复又富有变化，读来朗朗上口，荡气回肠，警示人们要把握当下，珍惜时光。

【诵读指导】

这首诗富有哲理又直抒胸臆，每句一般有四个节拍，诵读时可以按“二二二一”或“二二一二”来读。

劝君莫惜金缕衣	缓慢，“莫惜”重读
劝君惜取少年时	语重心长
花开堪折直须折	语调节奏由徐缓变得短促、热烈，感情强烈奔放
莫待无花空折枝	“莫待”重读，“空折枝”语气拖长

44. 终南别业①

王　维

中岁②颇好③道④，晚家⑤南山陲⑥。

兴来每独往，胜事⑦空自知。

行到水穷处，坐看云起时。

偶然值⑧林叟，谈笑无还期⑨。

【作者与创作背景】

王维是唐代山水田园诗派的著名代表，加上生活中的坎坷，他看淡人生，坚定了向佛之心。由于佛系心态，王维即使多次被贬官，但依旧自得其乐。曾隐居于终南山等地，后买下宋之问的蓝田辋川别墅，过着亦官亦隐的生活，直到被安禄山俘虏。晚年时，他住在城里，家中供养十几个僧人，随时与之交流修佛心得；每次退朝回来就焚香独坐，潜心修禅。

这首诗写于王维的晚年，叙述了他闲云野鹤般的生活，体现了他宁静淡泊的心境，以及超凡脱俗的风采，且寓意深刻，富含哲理。

【参考译文】

中年之后的我十分信奉佛教，晚年在南山脚下安家落户。每当兴致高的时候，我常

---

① ［终南别业］终南，即终南山；别业，别墅，指王维的庄园。
② ［中岁］中年。
③ ［好（hào）］喜好。
④ ［道］此处指儒、道、佛，王维好此三家之道，尤其是佛教。
⑤ ［家］安家。
⑥ ［陲（chuí）］边缘。
⑦ ［胜事］美好的事。
⑧ ［值］遇见。
⑨ ［还期］归去之时。

常独来独往去游玩，陶醉在这美好快乐的事情之中。有时游走到山穷水尽的地方，无法前行，那就索性坐下来，笑看天边云卷云舒。偶尔会在山林间遇见乡间老翁，总会和他们尽情说笑，直到忘记回家。

【赏析】

这是一首五言律诗。首联主要交代事件原因，即因为“好道”，所以想在山林间修身养性，免于世俗纷扰。颔联概括性地叙述了隐居生活的样貌。“兴来”“胜事”透露出诗人对于秀丽山水的热爱。“每独往”“空自知”体现了诗人怡然自乐的态度，这与世人终日追逐名利形成了鲜明的对比。颈联、尾联具体交代独自体会到的乐趣。“行到水穷处，坐看云起时”是流传甚广的佳句，可谓是“诗中有画”，“行”“到”“坐”“看”这一系列动词将诗人随意而为、无拘无束的生活状态展现得淋漓尽致。同时，这两句也符合佛家“随缘”“自在”“放下”的禅意，颇有“绝处逢生、否极泰来”的哲理：人生就是这样，即使一切山穷水尽，也总有另一条路可走，所以永远不要失望，不要放弃。尾联与老翁谈笑风生的场景也很有生活意味，寻常却愉悦，体现了诗人对恬淡宁静、豁达从容心境的追寻。

这首诗平白如话，却极具功力。全诗在质朴凝练、行云流水般的文字间将诗人隐居时悠然自得的闲适情趣写得绘声绘色，同时蕴含人生哲理，可谓诗味、理趣二者兼备。

【诵读指导】

在这首诗中，诗人的心境是淡然、愉快的，所以在诵读这首诗的时候，我们也应该尽量保持轻松洒脱的情感基调。对于节奏的划分，本诗可以按照“二一二”或“二二一”的形式（如“中岁/颇/好道，晚家/南山/陲”）。值得注意的是，在诵读颈联的时候，尤其是“水穷处”“云起时”，可以将语速适当放慢，以显示悠闲自得的态度。在读末句“无还期”时，应该每字一顿。

45. 咏　　史

李商隐

历览前贤国与家，成由勤俭破由奢。

何须琥珀方为枕，岂得真珠始是车①。

运去不逢青海马②，力穷难拔蜀山蛇③。

几人曾预④南薰曲⑤，终古苍梧⑥哭翠华⑦。

【作者与创作背景】

李商隐（约811—约859），字义山，号玉谿生，怀州河内（今河南省沁阳县）人，晚唐著名诗人，与杜牧合称“小李杜”，与温庭筠合称“温李”，有《李义山诗集》。他擅长诗歌写作，骈文文学价值也很高，其诗构思新奇，浪漫主义色彩非常浓厚，尤其是一些爱情诗和无题诗写得缠绵悱恻，优美动人，广为传诵。

李商隐生活的时代正是唐朝统治集团里牛、李党争激烈的时代，他和当时的牛（僧孺）、李（德裕）两派都有关系，思想上有矛盾，因此写了许多诗来曲折地表达内心的苦闷。因卷入“牛李党争”的政治旋涡而备受排挤，一生困顿失意。

---

① ［何须琥珀方为枕，岂得真珠始是车］这里连用两个典故说明人才的重要性。据沈约《宋书》载，南朝武帝（刘裕）四处征战时得到一只非常名贵的琥珀枕，但他将琥珀枕捣碎了给战士敷；另据《史记·田敬仲完世家》载：战国时魏惠王向齐威王夸说他有“径寸之珠，照车前后各十二乘者十枚”，威王回答说，他宝贵的是贤臣，“将照千里，岂特十二乘哉。”真珠，即珍珠。

② ［青海马］据《隋书·西域传》载：青海产名马，能日行千里，时称青海骢马。比喻良将英才。

③ ［蜀山蛇］传说秦惠王许嫁五女于蜀王，蜀王派遣五个壮士去接，回来时路过梓潼，见一大蛇钻入山洞，五壮士共拔蛇尾，结果山崩坍，五壮士和美女都被压死。此处比喻宦官、藩镇割据势力等。

④ ［预］通“与”，这里具有闻、听见的意思。

⑤ ［南熏曲］传说舜曾弹五弦琴，歌南风之诗（即南熏曲）而天下治。这里以舜比唐文宗，说他有求治的志愿。

⑥ ［苍梧］即九嶷（yí）山（今湖南宁远县南），传为舜葬于此处。

⑦ ［翠华］饰有翠鸟羽之旗，皇帝用的仪仗之一，这里代指唐文宗。

李商隐因处于牛、李党争的夹缝中而一生不得志，咏史诗是他的诗歌中的重要部分，这首七律是伤悼唐文宗之作。宝历二年（826），唐文宗即位，改元大和。他励精图治，屡次下诏去奢从简，两次谋诛弄权的宦官，但均以失败告终，最后在“受制于家奴”的哀叹声中死去。这首诗题为“咏史”，实为伤今，抒发诗人自己怀才不遇的愤懑之情，同时表达了强烈的爱国主义思想。

【参考译文】

纵观古代君主治国的经验教训，往往因勤俭而得到成功，其后又多因奢侈无度破败。

君主看重的应当是忠臣良将，何必用琥珀作枕头，用珍珠装饰车马呢？

时运过了就再也遇不到能日行千里的青海马，气力用尽，难以拔出钻进蜀地大山的巨蛇。

有几个人曾经听过舜帝奏南熏曲呢，只能永远地对着苍梧山为舜的逝去而悲哀啊！

【赏析】

李商隐以高度的历史责任感和艺术上的创新精神，创作了占他全部诗篇七分之一强的咏史诗，它们扩展了传统咏史诗的表现容量，丰富了咏史诗的题材，探索了咏史诗新的手法，独特的思想性与艺术性和谐统一，在咏史诗的发展史上具有里程碑的意义。

这首诗的首联开宗明义，总结了历代兴亡的经验教训，道出了“成由勤俭破由奢”的警句，发人深省，催人警醒。

李商隐的诗歌善于用典，颔联中“琥珀枕”的典故来源于南朝宋武帝刘裕。宋武帝不爱奢侈之物琥珀枕，国家因此兴盛起来了；“真珠车”来源于魏惠王和齐威王的一次谈话，说明国家强盛需要依靠忠臣良将。这两句的意思是虽然文宗注意节俭，也有重用贤臣之举，可是竟然不能成事。诗人将这个原因归结为时运。

颈联中“青海马”比喻良才，“蜀山蛇”比喻宦官和藩镇势力，因为文宗“运去”，所以得不到良臣的辅佐，又因为“力穷”，没有办法铲除宦官这个弊端。诗人对文宗抱有惋惜之情，惜其生不逢时，空有节俭持国之能，奈何时运不济，终无力回天。

诗的最后两句，用远古的舜帝比喻文宗，“南熏曲”说明文宗有治理好天下的愿望。苍梧借指文宗所葬的章陵，翠华用来借指文宗，所以末句是诗人永远为文宗的不幸逝去而哀伤。全诗在追思与哀悼中结束。

诗人所悼已成陈迹，但诗人总结历史教训得出的警句却历久弥新，如同警钟长鸣。

【诵读指导】

这首诗借古喻今，整首诗笼罩在诗人对唐文宗深切的追思和哀悼的感情中，因此应用沉重哀伤的语气进行诵读。七言诗每句一般有四个节拍，诵读这首诗时可以按“二二二一”或“二二一二”来读。

诗句	诵读提示
历览前贤国与家，成由勤俭破由奢	缓慢，“国与家”更缓慢，“勤俭”“奢”重音
何须琥珀方为枕，岂得真珠始是车	升调，读出反问语气
运去不逢青海马，力穷难拔蜀山蛇	“不逢”“难拔”重音，语速放缓；“青海马”“蜀山蛇”一字一顿
几人曾预南薰曲，终古苍梧哭翠华	前半句语速加快，升调；后半句语速放慢，留下追思之感，“哭”重读

46. 泾　　溪①

杜荀鹤

泾溪石险人兢慎②，终岁不闻倾覆③人。

却是平流无石处，时时闻说有沉沦。

【作者与创作背景】

杜荀鹤，字彦之，号九华山人，池州石埭（今安徽石台）人，晚唐诗人。他出身寒微，早有诗名，中年才中进士，却未授官，于是返乡闲居。他提倡诗歌要继承风雅传统，反对浮华，其诗作语言通俗浅近，平易自然。

《泾溪》是一首哲理诗，诗人于景物中寓含深刻的人生哲理，用比喻告诉人们要居安思危，处盈虑亏。

【参考译文】

泾溪里面的礁石很险、水流很急，人们路过的时候由于害怕而小心谨慎，因此终年都没有听说过有人在那里翻船沉没。

倒是在河流缓慢没有礁石的地方，却经常听说有人翻船沉没。

【作品赏析】

杜荀鹤并不是一个声名显赫的诗人，但善于在并不显眼的小诗中凭借丰富的生活经验，用一个个小故事把许多大道理阐述得淋漓尽致、鲜活感人。《泾溪》就是这样一首平实质朴、化理趣为形象和情思的哲理小诗。

泾溪激流险滩，礁石密布，航道险恶，船只往来之际，稍有不慎，很容易触礁倾覆，船毁人亡。一般情况下，在这样险恶的水路上发生船只倾覆事故也算正常。然而，客观

---

① ［泾（jīng）溪］安徽省内一条河流，上游多怪石暗礁，水流湍急。

② ［兢（jīng）慎］因害怕而小心谨慎。

③ ［倾覆］翻船沉没。下文的“沉沦”义同。

环境的险恶往往能引起人们主观上的高度重视，人们总是小心翼翼地走这一段水路，反而没有听到船只倾覆的不幸消息。相反，在波平浪静、没有礁石的水域，却时时传来船只沉没的噩耗。这是为什么呢？诗人用鲜明的对比阐明了一个深刻的人生哲理：凡事要谨慎，谨慎了才能居安思危，见危不惧，就不容易倾覆沉沦。

【诵读指导】

这首诗各句的节拍均为“××××/×××”。诵读时，第一句、第二句和第三句、第四句在语调等方面要有明显差异，以突出对照的作用。

泾溪石险人兢慎	平和
终岁不闻倾覆人	平和，“不”“倾覆”略重读
却是平流无石处	语调升高，略快
时时闻说有沉沦	“时时”“有沉沦”重读

47. 商　鞅①

王安石

自古驱②民在信诚，一言为重百金轻。

今人未可非③商鞅，商鞅能令政必行。

【作者与创作背景】

王安石官至宰相，在神宗支持下推行改革变法。他曾自比商鞅，为此，保守派纷纷攻击商鞅。他们的矛头实际是指向王安石的。于是，约在熙宁二年（1069），王安石写了这首诗，表达了他对历史人物商鞅的景仰之情，表明了自己的政治见解以及推行新法的决心。

【参考译文】

从古至今，管理百姓在于讲诚信。商鞅就很讲信用，以一言为重，以百金为轻。

当今世人可不能随便指责商鞅啊。要是有商鞅那种不屈不挠的精神，新法一定能够顺利推行。

【赏析】

战国时期，商鞅在秦孝公的支持下进行变法。新法公布以后，为使人们相信新法一定会执行，商鞅命人在国都南门处立了一根三丈多高的木柱，声明谁把木柱搬到北门就赏五十金。有一个胆大力大的人将木柱搬到北门后果然得到五十金，人们认为商鞅言出必行，就按新法行事。王安石写下这首七言绝句，高度赞扬了商鞅以诚取信于民的品质。

---

① 〔商鞅〕战国时期政治家、思想家，先秦法家代表人物。应秦孝公求贤令入秦，说服秦孝公变法图强。孝公死后，受到秦国贵族诬害以及秦惠文王的猜忌，车裂而死。他在秦执政二十余年，秦国大治，史称“商鞅变法”。

② 〔驱〕管理。

③ 〔非〕指责。

这首诗的前两句概括了古代圣贤的为政之道，即取信于民，这是令行禁止的根本。后两句则强调商鞅为政的成功之处就在于取信于民，从而使政策得到实施。能否赢得民众的信任，是关系到改革成败的关键因素。诗人正是从这一角度，旗帜鲜明地赞扬了商鞅这个历史上的著名改革家，借此表明了自己推行新法的决心。诗人以议论说理为诗，言简意赅，中肯有力。

【诵读指导】

这首诗各句的节拍均为“××××/×××”。诵读时，语气应铿锵有力，多用重读，以表现作者对诚信施政、推行新法的坚定信念。

自古驱民在信诚	“信诚”重读
一言为重百金轻	“重”“百”重读
今人未可非商鞅	“未可”重读
商鞅能令政必行	“政必行”重读，一字一顿

48. 临江仙①

送钱穆父②

苏　轼

一别都门③三改火④，天涯踏尽红尘。依然一笑作春温。无波真古井⑤，有节是秋筠⑥。惆怅孤帆连夜发，送行淡月微云。尊前不用翠眉颦⑦。人生如逆旅⑧，我亦是行人。

【作者与创作背景】

宋哲宗元祐初年，苏轼在朝为起居舍人，钱穆为中书舍人，两人志同道合，感情深厚，成为知己。公元1088年（宋哲宗元祐三年），钱穆因向朝廷上奏开封府狱空不实的事情，得罪了一些人，受到排挤打压，出任知越州（今浙江绍兴），苏轼与他在都门帐饮时，赋诗相赠。

公元1090年（宋哲宗元祐五年），钱穆又徙知瀛洲（治所在今河北河间）。第二年的春天，钱穆从越州出发，途中经过杭州，苏轼正好在杭州任知府，得知老朋友钱穆到达杭州，立刻将他接到自己家中。时节不居，岁月如流，这已是两人分别之后的第三个年头了，好友在异地重逢，自然特别开心，苏轼为钱穆安排了隆重的接风仪式，相携同游风景如画的西湖。可叹相聚时光太短，在钱穆即将北徙、前往瀛州时，苏轼作此词为好友送行。

---

① 〔临江仙〕唐代教坊曲，用作词调又名《谢新恩》《雁后归》《画屏春》《庭院深深》《采莲回》《想娉婷》《瑞鹤仙令》《鸳鸯梦》《玉连环》。

② 〔钱穆父（fǔ）〕钱穆，名勰，又称钱四。元佑三年，钱穆出知越州（今浙江绍兴）；元佑五年，又徙知瀛洲（治所在今河北河间）；元佑六年春，赴任途中经过杭州，苏轼作此词以送。父，古时对有才有德的男子的美称。

③ 〔都门〕都城的城门。

④ 〔改火〕古代钻木取火，四季换用不同木材，称为“改火”，这里指年度的更替。

⑤ 〔古井〕枯井。比喻内心恬静，情感不为外界事物所动。

⑥ 〔筠（yún）〕竹子的青皮，这里指竹子。

⑦ 〔翠眉颦（pín）〕翠眉：古代妇女的一种眉饰，即画绿眉，也专指女子的眉毛。颦，皱眉头。

⑧ 〔逆旅〕旅店。

【参考译文】

自从我和你在都门帐饮分别，至今已有三年了，你漂泊远行于天涯，辗转奔走在京城、吴越之间。此次又远赴瀛州，我们再度相逢，你的微笑依然像春天般温暖。你的心始终保持宁静，像枯井里的水不起波澜，你的高风亮节像秋天里挺拔的青竹。

转眼间你要连夜扬起孤帆远行了，再度分别，我的心情倍感惆怅，为你送行之际月色淡然云色微茫。别离的宴席间，陪酒的歌妓不必为离愁别恨而凄婉哀怨。人生在世就好像住旅馆，我们都是天地间的匆匆过客，不必计较眼前的聚散离合、成败得失。

【赏析】

以“送别”为题材的诗词，除“莫愁前路无知己，天下谁人不知君”“所志在功名，离别何足叹”“离魂莫惆怅，看取宝刀雄”等极少诗句外，感情基调往往难免流于低落伤感、怅惘愁苦或慷慨悲凉，如“无为在歧路，儿女共沾巾”“多情自古伤离别，更那堪冷落清秋节”“劝君更尽一杯酒，西出阳关无故人”“一看肠一断，好去莫回头”“日暮征帆何处泊？天涯一望断人肠”“相送情无限，沾襟比散丝”“山回路转不见君，雪上空留马行处”等。苏轼这首《临江仙·送钱穆父》却别具一格，既感情真挚，直抒胸臆，又富有人生哲理，潇洒旷达。

词的上片写与友人虽久别重逢，却情谊更深，相见甚欢，而更为可贵、更令彼此欣喜的是，苏轼看到好朋友钱穆因为坚守正义、敢说真话而横遭贬谪、出守越州，却坦然以对，脸上的笑容依然温暖如春。于是，词人化用白居易《赠元稹》诗句“无波古井水，有节秋竹竿”，用“无波古井水，有节是秋筠”盛赞钱穆的高风亮节。这几句，词人先交代了重逢的时间，回忆三年前的离别情景，再从空间着笔，概述老朋友政治失意、身处逆境的仕途生涯，联想到自己也是由于为官正直而久处逆境，接连运用“古井”“秋筠”两个词表达对钱穆坚守正义、保持名节的赞颂，也借此表达了自己淡泊的心境和坚贞的操守。可见，词的上片既是对友人辅君治国、坚持操守的宽慰、勉励和支持，也是苏轼为人坦荡、屡遭排挤打压却依然不改初心、坚守节操的自我写照，是词人的自勉自励，寓有强烈的身世之感。最后两句既盛赞老友的耿直不阿的气节，也暗喻自己坦然豁达的心境，表现出词人与友人肝胆相照、情投意合。

词的下片切入正题，描写月夜送别友人。“惆怅孤帆连夜发，送行淡月微云”一句，描绘出一种凄清幽冷、孤寂伤感的氛围，渲染了作者与友人分别时的惆怅伤感，使送别的感情得到了深化，充满“一切景语皆情语”的魅力。接着用“尊前不用翠眉颦”一句，劝说离宴中歌舞相伴的歌妓不必为离愁别恨而哀怨忧伤，情绪立即由哀愁转为旷达、豪放，充分体现了苏轼虽然宦途多故却依旧保持豁达豪迈、积极乐观的精神风貌。词的最后二句“人生如逆旅，我亦是行人”化用李白《春夜宴从弟桃花园序》中的“夫天地者，万物之逆旅也，光阴者，百代之过客也”，指出人人都是天地间的匆匆过客，不必在意生命中的伤心过往，以免徒增烦恼。这既是对友人的慰勉，又展现了词人自己得失两忘、万物齐一的豁达人生态度，充满哲理，十分励志。

苏轼一生虽积极入世，具有鲜明的政治理想和政治主张，却屡遭打压，被一贬再贬。但他深受老庄和佛家思想的影响，每当官场失意、处境艰难时，他总能随遇而安，用恬淡超脱的态度来应对外界的纷纷扰扰，这首送别词中的“一笑作春温”“尊前不用翠眉颦。人生如逆旅，我亦是行人”等句，都是苏轼豪放性格、旷达人生态度的充分体现。在这些富有哲理、积极乐观的词句的背后，仍流露出词人对仕宦浮沉的淡淡惆怅，对身世飘零的深沉慨叹。

总之，这首词既有情韵，又富理趣，将词人对老友的眷眷惜别之情写得情真意切、细腻婉转，以儒家思想和道家的操守风节勉励、宽慰好友，为好友开释胸怀，不仅深沉动人，还使好友从理性上受到感悟，也激励着每一个身处逆境、永不服输、永不言弃的人。

【诵读指导】

这首词虽然是送别词，但感情基调并不忧郁低沉，语言清新质朴，情真意切，句式和节奏整齐、富有节奏感，词中表现的深厚友情令人艳羡，豁达洒脱的人生哲理积极励志。

一别都门三改火，天涯踏尽红尘	回忆三年前的离别，概括好友别后仕途坎坷、历经沧桑的人生际遇，语速稍缓，略带伤感。“踏尽”重读
依然一笑作春温	“春温”重读，面带微笑，全句语气轻松舒缓，体现对好友身处逆境依然保持淡泊宁静的赞颂
无波真古井，有节是秋筠	感情高亢，充满对好友的敬仰与赞赏，“真古井”“是秋筠”重读
惆怅孤帆连夜发，送行淡月微云	语气低沉缓慢，略带伤感。“孤帆”重读，“连夜发”稍快，“淡月微云”轻缓
尊前不用翠眉颦	干脆坚定，“不用”重读
人生如逆旅，我亦是行人	“人生”“逆旅”语气略拖长，重读；“我亦”重读，“是行人”拖长，表现出词人豁达洒脱、豪迈奔放的个性

49. 冬夜读书示子聿①

陆 游

古人学问②无遗③力，少壮工夫老始④成。

纸上得来终觉浅，绝知⑤此事要躬行⑥。

【作者与创作背景】

这首诗是陆游晚年所作。宋宁宗庆元五年（1199）年底，诗人在冬日寒冷的夜晚，写下了这首哲理诗，送给了小儿子子聿。

【参考译文】

古人做学问是不遗余力的。少年时开始努力，往往要到老年才能取得成就。

从书本上得来的知识，毕竟理解得肤浅。想要深入理解其中的道理，要亲自实践才行。

【赏析】

这首诗饱含了诗人深邃的教育思想，也寄托了诗人对子女的殷切期望。

诗的首句赞扬了古人刻苦做学问的精神。第二句阐明了做学问的艰难，强调做学问要坚持不懈，早下功夫，免得将来一事无成，后悔莫及。最后两句则强调了做学问不能满足于字面上明白，而要勤于实践，在实践中加深理解，只有这样才能把书本上的知识变成自己的实际本领。诗人的这种见解，不仅在当时对人们做学问、求知识是很宝贵的经验之谈，就是对今天的人们也是很有启迪意义的见解。

---

① 〔子聿（yù）〕陆游的小儿子。

② 〔学问〕学习。

③ 〔遗〕保留。

④ 〔始〕才。

⑤ 〔绝知〕深入透彻地理解。

⑥ 〔躬行〕亲身实践。

【诵读指导】

这首诗各句的节拍均为“××××/×××”。诵读时，要把握此诗的特点，语速可略慢。“老始成”“要躬行”可略重读。

50. 丑　奴　儿[①]

书博山道中壁

辛弃疾

少年[②]不识愁滋味，爱上层楼。爱上层楼，为赋新词强[③]说愁。　　而今识尽[④]愁滋味，欲说还休[⑤]。欲说还休，却道天凉好个秋。

【作者与创作背景】

由于辛弃疾的抗金主张与当政的主和派政见不合，他受弹劾落职，退隐江西带湖。这首词是他去职后闲居带湖时所作。在此期间，辛弃疾常到博山游览。博山风景优美，他却无心赏玩。眼看国事日衰，自己无能为力，一腔愁绪无法排遣，就在山路中的一面石壁上题写了这首词。

【参考译文】

人年少时不知道忧愁的滋味，喜欢登高远望。登高远望，还要附庸风雅，为写一首新词，明明心中无愁却偏要勉强说愁。

现在尝尽了忧愁的滋味，想说却说不出。想说却说不出，却说好一个凉爽的秋天啊！

【赏析】

这首词通篇言愁，通过“少年”时与“而今”的对比，表现了词人受压抑、遭排挤、报国无门的痛苦。

上片生动地写出少年时代纯真幼稚的感情。少年时没有经历过人世艰辛，喜欢登高望远，赏玩景致，气壮如山，本来没有愁苦可言，但要附庸风雅，“为赋新词”，偏要勉强写一些“愁苦”的字眼应景。

---

① 〔丑奴儿〕词牌名。
② 〔少年〕年轻的时候。
③ 〔强（qiǎng）〕勉强的，硬要。
④ 〔识尽〕尝够。
⑤ 〔欲说还（huán）休〕想要说出来却又没有说。

下片笔锋一转，写出饱尝愁苦滋味之后思想感情的变化。“而今”二字转折有力，“识尽愁滋味”概括了词人半生的经历——积极抗金，献谋献策，力主恢复中原，这些不仅未被朝廷重视，反而遭受主和派的迫害、打击。他这“愁”郁结心头已久，很想对人倾诉一番，求得别人的同情和支持，但是一想到朝廷昏庸黑暗，说了也于事无补，就不愿再说了。“欲说还休”四字重复出现，用迭句的形式深刻地表现了词人痛苦矛盾的心情，悲愤愁苦溢于言表。

这首词通过回顾少年时不知愁苦，衬托“而今”虽深深领略了愁苦的滋味却又说不出，写出了两种截然不同的思想感情的变化。全词构思新巧，平易浅近，浓愁淡写，重语轻说，寓激情于婉约之中，含蓄蕴藉，语浅意深，别具一种耐人寻味的情韵。

【诵读指导】

这首词中凡七言句的基本节奏是“××××/×××”，四言的“××/××”。本词与辛弃疾大多数作品雄浑豪放的风格迥然不同，其感情基调是婉约哀愁，诵读时语速可稍慢。

51. 观书有感二首

朱　熹

其一

半亩方塘①一鉴②开，天光云影共徘徊。

问渠③那得清如许，为④有源头活水来。

其二

昨夜江边春水生，蒙冲⑤巨舰一毛轻。

向来⑥枉费推移力⑦，此日中流⑧自在行。

【作者与创作背景】

朱熹（1130—1200），字元晦，又字仲晦，号晦庵，晚称晦翁，谥“文”，世称“朱文公”，南宋理学家、教育家、诗人。宋宁宗庆元二年（1196），朱熹与门人来到新城福山（今江西黎川县内）的武夷堂讲学。在此期间，他应南城县上塘蛤蟆窝村吴伦、吴常兄弟之邀，到该村讲学，写下了“问渠那得清如许，为有源头活水来”的著名诗句。朱熹离村后，村民便将蛤蟆窝村改为源头村，民国时曾设活水乡以纪念朱熹。

---

①〔方塘〕又称半亩塘，在福建尤溪城南郑义斋馆舍（后为南溪书院）内。

②〔鉴〕镜子。

③〔渠〕它，第三人称代词，这里指方塘之水。

④〔为〕因为。

⑤〔蒙冲〕古代攻击性很强的战舰名，这里指大船。

⑥〔向来〕原先，指春水上涨之前。

⑦〔推移力〕指浅水时行船困难，需人推挽而行。

⑧〔中流〕河流的中心。

【参考译文】

其一

半亩大的方形池塘像一面打开的镜子一样清澈明净。天光和云影交织在水面上，不停地闪动。

要问池塘里的水为什么会这样清澈？因为有源头源源不断地为它输送活水。

其二

昨天夜晚江边的春水大涨，江上的大船变得像一根羽毛一样轻。

以往白费许多力气也不能推动它，今天它却在水中间自在地移动。

【赏析】

《观书有感二首（其一）》是一首抒发读书体会的哲理诗。诗人借景寓理，用池塘水清因有活水注入的现象比喻要不断接受新事物，才能保持思想的活跃与进步。开头两句展现的形象给人以美感，能使人心情澄净、心胸开阔；第三句、第四句，诗人放眼远望，才明白“方塘”“清如许”是由于有“源头活水”的不断输入。这首诗所表现的读书有悟、有得时的那种灵气流动、思路明畅、清新活泼而自得自在的境界，正是诗人作为一位大学问家切身的读书感受。诗中表达的这种感受虽然仅就读书而言，却寓意深刻，内涵丰富，可作广泛的理解。特别是最后两句，暗喻人要心灵澄明，就要认真读书，时时补充新知识。这两句诗已凝缩为成语“源头活水”，用以比喻事物发展的源泉和动力。

《观书有感二首（其二）》也是一首形象喻理的诗，很通俗地告诉了人们怎样学习和研究。这首诗用水上行舟作比：平日水少，大船搁浅，怎么使劲推也是白费力气。等到春水自上游而来，河水猛涨，大船突然就行动自如，不需费力推移了。学习和研究也有类似的情况：积累不足，功力不够，一些难题怎么努力都突破不了；积累充分，功力足够，碰到难题，灵感就会如春水般勃发，难题就能轻松解决。

【诵读指导】

这两首诗各句的节拍均为“××××/×××”。诵读时注意这两首诗说理的特征，语气应平和。第一首诗末句的“活水”、第二首诗末句的“自在”可略重读。

52. 雪梅（其一）

卢梅坡

梅雪争春未肯降①，骚人②阁笔③费评章。

梅须逊雪三分白，雪却输梅一段香。

【作者与创作背景】

卢梅坡，南宋诗人，生卒年、生平事迹不详，存世诗作也不多，以两首《雪梅》留名千古。这首诗的具体创作年代已无法考证，当作于宋末的一个初春日，梅花开放，诗人赏玩之时。诗人通过对梅、雪的评论，在比较中巧妙地写出各自的特色，并寓理于其中。

【参考译文】

梅花和雪花都认为各自占尽了春色，谁也不肯服输。这可令诗人为难了，难写评判文章，只得将笔放下。

说句公道话，梅花缺少雪花三分晶莹洁白，雪花却输给梅花一段清香。

【赏析】

这首诗首句采用拟人手法写梅花与雪花争奇斗艳，都认为自己是最具早春特色的，而且互不认输，这就将梅花与雪花之美别出心裁、生动活泼地表现出来。第二句写诗人在两者之间难以评判高下，只好停下笔来思索。后两句是诗人对梅与雪的评语：就洁白而言，梅比雪要差一些，但是雪却没有梅花的香气。“三分”形容差得不多，“一段”将香气物质化，使人觉得香气可以测量。

---

① 〔降（xiáng）〕服输。
② 〔骚人〕诗人。
③ 〔阁笔〕放下笔。阁，同“搁”，放下。

全诗咏物言志，诗人运用对比的手法，将梅与雪的不同特点用两句诗作了概括，道出雪和梅的长处和不足，借雪梅的争春，告诫我们：人各有所长，也各有所短，要善于取长补短，互相学习；同时也启发我们，比较是我们认识事物的好方法，因为有比较才能有鉴别。

【诵读指导】

这首诗各句的节奏是“××××/×××”。诵读时要把握说理诗的特点，语调平和，语速适中即可。